いつもは
キミの彼女
な！
Author コイル Illust Nardack

「……運ぶの、手伝い、ます」
「あ。……ありがとうございます」
辻尾陽都《つじお　あきと》

「(いつでも手伝うよ)」
「(……嬉しい。ノートって重たいんだもん。疲れるよ)」
吉野《よしの》紗良《さら》

（変身後）
吉野《よしの》紗良《さら》

「秘密の親友、
指切りげんまん?」

「……えへへ、学校でふたりっきり。
優等生で得しちゃった」

# CONTENTS

いつもは
真面目な委員長
だけど
キミの彼女に
なれるかな？
Author コイル Illust Nardack

# 第1話　正しい太陽

職員室の横にある廊下《ろうか》。

窓から斜《なな》めに夕日が差し込み、外から野球部のかけ声が聞こえてくる。

授業がすべて終わった平和な放課後……とはいかない。

二年B組の担任、内田《うちだ》先生は目を血走らせて俺……辻尾《つじお》陽都《あきと》の方を見た。

「じゃあ辻尾《つじお》くん。運が悪かったと思って、これよろしくね」

「先生。これ、今日やらなきゃいけないんですか？　明日じゃダメなんですか」

「日直の仕事はね、先生の采配《さいはい》ひとつで決まるのよ。先生これから超絶《ちょうぜつ》めんどくさい会議！

事務の先生が入院しちゃったのよ、悪いけどよろしくね!!」

内田《うちだ》先生は大きなため息をついて校長室に入っていった。

夕日が差し込む長い廊下《ろうか》には、俺だけがぽつんと残された。

部活に入ってる人は活動中。

入ってない人たちは帰宅した時間帯で、誰《だれ》もいない。

「学級日誌を持って来ただけなのに……」

俺は資料室の床《ゆか》からタワーみたいに生えたプリントを見てため息をついた。

頼《たの》まれたのは、これを三学年各五クラス、人数分に分ける作業だ。

スマホで時間を確認《かくにん》すると十六時。十八時からバイトだから十七時には学校を出たい。明日日直だったら、こんなこと頼《たの》まれなかった。なんで俺がこんな目に……。

ため息をついている時間はない。運が悪かったと受け入れて作業を開始することにしてプリントタワーに手を伸《の》ばした。

「一年A組が三十六人。二枚予備を入れるから三十八枚」

俺は壁《かべ》に貼《は》ってあるクラス人数表を見て紙を数え始めた。

十枚摑《つか》んだつもりが数えると八枚。二枚追加して十になった。同じように二十、三十、あと八枚追加して三十八枚、と。

それを一年A組の手紙箱にぶち込んでため息をつく。予想より紙を数えるのに時間がかかる。これ三学年各五クラス分？　バイト間に合う？

「辻尾《つじお》くん。先生に頼《たの》まれたの？」

声がして振《ふ》り向《む》くと、入り口に同じクラスの吉野紗良《よしのさら》さんが立っていた。

揃《そろ》えられた黒く艶々《つやつや》とした前髪《まえがみ》に、斜《なな》めに入ってくる夕日が反射してキラキラと光り美しい。ゆったりと編まれた三つ編みが正しく肩《かた》に乗り、長い手足が床《ゆか》に影《かげ》を落としている。

彼女は正統派美少女として有名で、性格はとにかく真面目。先週クラス委員を決める時、みんなやりたくなくて黙《だま》っていたら、吉野《よしの》さんが立候補してくれた。

昨日も教室で掃除《そうじ》してたらホウキが折れた。俺は前から「なんかグラグラしてるなー」と思ったけど、誰《だれ》かが言うだろうと思って黙《だま》っていた。折れたのを先生のところに持って行くと「お前が折ったのか」と怒《おこ》られそうで、責任を押し付け合ってたんだけど吉野《よしの》さんがすぐに対応してくれた。しっかりしてるのに偉《えら》ぶらない人格者だ。

誰《だれ》が呼んだか『正しい太陽』。正しいのに、明るく、優《やさ》しい。

二年生のクラスが始まって一週間、俺はその『正しい』姿をただ遠くから見ていただけで、一度も話したことがなかった。それなのに俺の苗字《みようじ》を覚えてくれている事に感動してしまった。

吉野《よしの》さんは髪《かみ》の毛《け》を耳にかけて、

「私も先週これをやったわ。事務の方が切迫《せっぱく》流産で入院されて大変みたい」

「そうなんだ」

「だから手伝います。私は友達が手伝ってくれて三十分で終わったし」

「え、あ、助かり、ます」

「大丈夫《だいじょうぶ》」

そう言ってプリントを手に取った。俺は何度やってもプリントを一度で十枚を手に取れないけど、吉野《よしの》さんは触《ふ》れただけで十枚を的確に手に取り、テキパキと仕分けていく。その無駄《むだ》がない姿に思わず見惚《みと》れてしまう。視線に気が付いたのか、俺のほうを見て、

「毎回頼《たの》まれるから慣れちゃって」

「いや、すごいなと思って」

「隠《かく》れた特技かも」

と小さく両肩《りょうかた》を上げて苦笑《くしょう》した。そして宣言通り三十分で作業を終わらせた。

「じゃあまた明日。おつかれさま」

と去って行った。お礼を言おうと思ったらもう居なくなっていて、俺の「ありがとう」は靴《くつ》箱《ばこ》の隙間《すきま》に消えていった。先生に褒《ほ》められるわけでもないのに自ら手伝う……本当にこんな子がいるんだな……と感心してしまった。まさに『正しい太陽』。

俺だったら見かけても「可哀想《かわいそう》に」って、スルーする。帰る。だって得がないし。

スマホを見ると十七時前だったので、慌《あわ》てて教室に戻《もど》り学校を出た。


「店長、これどこに持って行けばいいんですか？」

「それは南通りの店だ、よろしく」

「了解《りょうかい》です」

バイトには余裕《よゆう》で間に合った。やっぱり十七時に学校出れば十八時には着ける。

俺はできあがった唐揚《からあ》げとポテトを入れたリュックを背負って裏通りに出た。

ツンと臭《にお》ってくるのはションベン臭《くさ》さ。ビルの隙間《すきま》に置かれているゴミ箱からは生ゴミが溢《あふ》れかえっているが、隙間《すきま》を慣れた足つきで走った。

俺はサラリーマン家庭で育った普通《ふつう》の高校生だけど母親の母親……ばあちゃんは繁華《はんか》街に何軒もクラブを持っている経営者だ。

実は中三の時に色々あって三ヶ月学校に行けず、不登校になった。

その時ばあちゃんに「暇《ひま》なら走れ！」と言われてこの店の配達員として駆《か》り出《だ》された。

不登校になった受験生をこんな地域でバイトさせるなんて……と母さんはばあちゃんにキレたけど、今まで先生と親しか大人を知らなかった俺には新鮮《しんせん》だった。

頭がいいのに学歴がなくてキャバクラの店長してる人、有名企業《きぎょう》で働いてるのに女の子の髪《かみ》の毛摑《つか》んでるバカ男、高学歴なのにホストにハマって風俗《ふうぞく》で働く女の人。

これで大人って……と最初はどこかバカにしてた。

でもどう見ても子どもな俺が、昼間学校行かずに外を走っててもスルーしてくれる、何も聞かない、腫れ物《はれもの》みたいに扱《あつか》わず、普通《ふつう》に接してくれる。

ただ唐揚《からあ》げを持って走る日々。

そのうち落ち着いてきて、夏休み明けのタイミングで学校に復帰して高校に合格、それからずっとここでバイトしてる。

町は汚《きたな》いし、ビルにエレベーターは少なく、土地勘《とちかん》と体力は必須《ひっす》だ。それでも学校と違《ちが》う世界が俺には必要みたいで、バイトを続けている。

階段を駆《か》け上《あ》がって目的地のキャバクラに入って店長に一声かけて唐揚《からあ》げを置いた。

店に戻《もど》るために階段を下りてビルの隙間《すきま》に入ろうとしたら、女の子の叫《さけ》び声《ごえ》が聞こえた。

「違《ちが》うって言ってるの！　引っ張らないで!!」

「ぜってーお前だよ、この顔何度も見たんだよ！　お前が連れてった店のせいで俺の人生終わったんだよ、ああん?!」

大声を上げてるのはスーツを着ているサラリーマンだ。

真っ赤な顔をして女の子のベージュの髪《かみ》の毛《け》を摑《つか》み、叫《さけ》んでいる。

女の子のスカートは短くてハイヒール。どっからどう見てもギャルだ。

「お前が連れて行った」……ぼったくりとつながってるデートクラブに騙《だま》されたのか？　女の子と安くお茶して、少しトランプでゲームしたら十万要求されるってヤツ。女の子は男から逃《に》げようと頭を振《ふ》って、

「だから違《ちが》うって！　私はそんなことしてない!!」

と叫《さけ》んでいる。

本当にこの町はケンカばかりだ。俺は唐揚《からあ》げを出して軽くなったリュックを背負い直した。

男同士の殴《なぐ》り合《あ》いは毎日見るし、女の子がホストをカバンで殴《なぐ》っていたり、酔《よ》っ払《ぱら》いが通りを歩く女の子全員にケンカふっかけてるのもよく見る。

あまりに日常でそれに介入《かいにゅう》しようとする人はいない。関わるなんて逆に怖《こわ》い。あの男が何持ってるか分からないし、デートクラブに連れて行ってぼったくるなんて良くある話だし。こん

な町に来てるんだから、自己責任でなんとかするのがこの町のルールだ。

俺はその場を離《はな》れようとした。

「こっち来いよ！」

「放《はな》して！　人違《ひとちが》いって言ってるでしょ？　どうして分かってくれないの?!」

……この声。

俺は一瞬《いっしゅん》立ち止まって、騒《さわ》いでいる方に戻《もど》った。なんだか聞き覚えがある気がする。

サラリーマンは女の子のベージュの長い髪《かみ》の毛《け》を摑《つか》んで振《ふ》り回《まわ》している。

「この髪型《かみがた》、この顔、俺は一回見た女を忘れないんだよ！」

「違《ちが》うって、何回言ったら分かるの、私じゃない！」

「?!」

この声、さっきまで学校で一緒《いっしょ》にいた吉野《よしの》紗良《さら》さんに似ている。

その女の子はベージュのロングのふわふわヘアで、派手なメイクでアイシャドーも口紅もばっちり塗《ぬ》ってある。白のVネックのニットを着ていて、水色のスカートはめちゃくちゃ短い。細いストラップでなんとか足にくっ付いているハイヒールは、男に髪《かみ》の毛《け》摑《つか》まれてふらふらしている。

学校の吉野《よしの》さんは、黒髪《くろかみ》のセミロングで制服は標準で着崩《きくず》しゼロ。

……いや、さすがに違《ちが》うわ。声が似てるだけの別人だ。

信じられないけど、声はさっき聞いたばかりだから覚えていて、なんだか引っかかる。俺はこの町でバイト歴が長く、女の子の変身を見破るのは得意だ。ビルの隙間《すきま》から女の子をよく観察する。

「おいこっち来いよ、取られた金お前から取り返してやる！」

サラリーマンは女の子の腕《うで》を引っ張って振《ふ》り回《まわ》す。

俺がビルの隙間《すきま》から見ている間も、ふたりの隣《となり》を色んな人たちが通り過ぎていくけど、誰《だれ》も興味を持たない。俺だって聞いたことがある声だから立ち止まっただけで、本当ならもうバイト先に戻《もど》ってる。

「違《ちが》うって言ってるでしょ！　触《さわ》らないで！」

女の子が悲鳴を上げる。……やっぱり声は吉野《よしの》さんに似てる。でも……でも……。

俺は周りを見渡《みわた》す。誰《だれ》か助けてやれよ。てか、偶然《ぐうぜん》警察が通らないかな。

……いや、警察がこんな小さなケンカに介入《かいにゅう》すると思えない。バイト先の店長に連絡《れんらく》してきて貰《もら》ったほうが良くないか？　だって俺みたいな弱いヤツ、役に立たないし。下手に介入《かいにゅう》してアイツが逆上したら更《さら》に厄介《やっかい》だ。

俺がやらなくても……俺じゃなくても良いんじゃないか。

他に誰《だれ》か適任者がいるだろ？　もっと身体《からだ》の大きな大人が助けるべきなんだよ。

俺なんてなにもできないし。それに声が似てるだけで吉野《よしの》さんじゃないかもしれないし。

ブツブツと言い訳を探しながら、本音はひとつ。足がすくんで動けない。

サラリーマンが女の子の腕《うで》を掴《つか》んだ。

「こっち来い！」

「行かない！」

そう叫《さけ》んだ女の子の長いベージュの髪《かみ》の毛《け》が揺《ゆ》れて、その下に黒い髪《かみ》の毛《け》がチラリと見えた。ウイッグを被《かぶ》ってる。ウイッグを被《かぶ》る時は地毛を押さえるために専用のネットを被《かぶ》るんだけど、男に引っ張られてそれもズレてきてる。中の地毛は黒い……つまり本当に吉野《よしの》さんが変装してる確率が高い。俺は確信を持ち、親指に巻いてあるバンドエイドを強く握《にぎ》った。

……あの靴《くつ》で逃《に》げ切《き》る方法。

いけ！　自分の中に気合いを入れて隠《かげ》から飛び出して、吉野《よしの》さんの手を引っ張った。

「吉野《よしの》さん、こっち」

「!!　えっ、誰《だれ》?!　えっ、嘘《うそ》、辻尾《つじお》くん?!　なんで、えっ?!」

辻尾《つじお》くんと呼ばれて、本当に吉野《よしの》さんだったと驚《おどろ》きつつ安心した。でも今は説明してる時間がない。

俺は吉野《よしの》さんを先導してビルの隙間《すきま》に入った。吉野《よしの》さんはハイヒールをカンカンいわせながら俺のあとを付いてくる。

「まてこらあああ、そいつに用があるんだよ！」

酔《よ》っ払《ぱら》いサラリーマンが追ってくる。俺たちはビルの隙間《すきま》をぬって走る。右折して、左折して……それでもサラリーマンは諦《あきら》めずに追ってくる。

酔《よ》ってんのに元気だな。俺の後ろを走っている吉野《よしの》さんは必死だ。そりゃハイヒールで全力疾走《しっそう》は誰《だれ》だって辛《つら》いだろう。走りながら生ゴミだらけのゴミ箱を蹴《け》っ飛《と》ばして道を塞《ふさ》ぐと、中からゴキブリとネズミが大量に走り出した。男がそれを避《さ》けている間に目の前にあったビルの階段を駆《か》け上《あ》がり、とある部屋のドアノブを指紋認証《しもんにんしょう》で開けて入る。

吉野《よしの》さんがドアの前で叫《さけ》ぶ。

「えっ⁈」

「いいから入って」

俺は吉野《よしの》さんを中に入れて中から鍵《かぎ》をして、ドアの前に座り込んだ。

背中のドアをゴンゴンゴンゴン蹴飛《けと》ばす音が響《ひび》く。

「おいこら出てこい、ここに逃《に》げ込んだのは分かってるんだぞ、くそ女、お前が連れてった店のせいで俺は会社クビになったんだ！」

「……ぼったくりに連れて行った……とか？」

はあ、はあ、と横で息をしている吉野《よしの》さんに向かって俺はおずおずと聞いた。

吉野《よしの》さんは荒《あら》い息を吐《は》きながら首をぶんぶん横に振《ふ》った。

ぼったくりに連れて行く……学校での優等生キャラからすると、あり得ない。でも……この服装の吉野《よしの》さんならアリかも知れない。

　他人のそら似の可能性80％、本当にデートクラブとかでバイトしてて、気がつかずにぼったくりに連れて行った可能性20％。会計時に女子は裏口から逃《に》げて、秘密にされてることもあるから、本人が知らずにやってる時もある。

　俺たちの背中ではゴンゴンとドアを蹴飛《けと》ばすサラリーマンが叫《さけ》んでるので、俺は少しだけ身体《からだ》を吉野《よしの》さんに近づけて話す。

「……プリント分け手伝ってくれてありがとう。おかげでバイトに間に合った」

「それで助けてくれたのね。でもこれ助かったって言える状況《じようきよう》かな？　あ、私学校と外でキャラ違《ちが》うから、びっくりさせてごめんね。もうバレちゃったし開き直っちゃう、ていうかよく気がついたね」

　そう言って吉野《よしの》さんは顔をくしゃぁとして笑った。

　クラスの真面目美少女のくしゃくしゃ笑顔《えがお》……こんな状況《じようきよう》なのに「吉野《よしの》さん、こっちのが全然可愛《かわい》いな」と思ってしまった。

　でもまあ確かにその通り。のんびり話しているが背中のドアはドコドコ蹴《け》られている。俺はスマホを開いて時間を見た。

「もうすぐ来ると思う、けど」

「え？」

俺たちが黙《だま》ってドアの前に座っているとカンカンカン……と階段を上ってくる音が響《ひび》いた。

そしてドスが利《き》いた低い声が狭《せま》い踊《おど》り場《ば》に響《ひび》く。

……助かった。その音に俺は心の奥底から安堵《あんど》した。

「おいテメー、うちの店の女の子に何の用だああ?!」

「えっ、違《ちが》いますよ、俺を騙《だま》した女がここに逃《に》げ込んだんスよ!」

「みんなそう言うんだよ、こっち来いや!」

「ひえええ、うわあああああ……!!」

ドアを蹴《け》っていた音と叫《さけ》び声《ごえ》が遠ざかり、静かになった。

俺は立ち上がって部屋の中を歩き、通路側の窓を開けた。遠くのほうにお兄さんたちに連れて行かれるサラリーマンの姿が見えた。

もう大丈夫《だいじょうぶ》だ。お兄さんたちがガッツリ絞《しぼ》ってくれるはず。

良かったと外を見ていると腕《うで》にむにゃりと柔《やわ》らかい感覚。

んん? 横を見るとピンク色の髪《かみ》の毛《け》の女の子が目を輝《かがや》かせて立っていた。

「陽都《あきと》だあ〜。またバカが来てたの? ね、私のブラジャー知らない? また無くなったの」

「!!」

むにゃりとしていたのは、ブラジャーをしていない胸だった。ペラペラなキャミソールなので、乳首《ちくび》がばっちり透《す》けて見える。だから高校生の前でその姿はやめてほしい。俺は目をそら

して極《きわ》めて冷静を装《よそお》って、

「ミナミさん、ブラはいつも洗面所に干してますよね」

「あー、忘れてた、ごめんごめん～～」

「あと部屋の中、ノーブラでふらふらするのやめてください。緊急避難所《きんきゅうひなん》として指定されてる場所なんで男も入りますよ」

「入れる人なんて決まってるじゃん～～」

「それでもやめてください。あの、そろそろ時間なんじゃないですか？　行った方がいいと思います！」

「この子新人ちゃん？　どこのお店？　可愛《かわい》い、若いね～、また会おうねー！」

ミナミさんは吉野《よしの》さんの顔をのぞき込んで微笑《ほほえ》み、去って行った。

……はあ。やっと本当に落ち着いた。

緊急《きんきゅう》事態で仕方なく入ったけど、やっぱりここは下着姿の女の子が居て慣れない。マジで無理すぎる。俺は熱くなった頬《ほお》に手で風を送りながら吉野《よしの》さんの方を向き、

「ここは風俗《ふうぞく》店で働いてる子の控《ひか》え室《しつ》なんだ。ヤベーヤツが来た時に逃《に》げ込めるように指紋認《しもんにん》証《しょう》と頑丈《がんじょう》なドア、警備システムが付いてる便利な場所」

「……辻尾《つじお》くん、なんでこんな所知ってるの？」

「ここら辺でバイトしてて詳《くわ》しいだけ。吉野《よしの》さんこそ、どうしてこんな所に……」

そう言って横を見ると、吉野《よしの》さんの靴《くつ》が目に入った。その靴《くつ》はストラップが外れてプラプラと宙に浮《う》いていた。俺の視線に気がついた吉野《よしの》さんは靴《くつ》を見て、

「あっ、留め具がない！　どこで落としたんだろ」

と叫《さけ》んだ。ふたりで入り口や周辺を見たけど、留め具は落ちていない。

吉野《よしの》さんは壊《こわ》れた靴《くつ》を持って「バイト先で靴《くつ》を借りる」と苦笑《くしょう》した。

それでもここから歩いていくのさえ無理なように見えて、俺はその場から立ち上がって洗面所に向かった。そしてそこから数本の輪ゴムを持って、

「とりあえずこれで止めるとか……？」

「わ。助かる。貰《もら》って良い？」

「お弁当を止めてる輪ゴムが冷蔵庫の上にため込んであるの知ってたから」

「ありがとう。じゃあこれを頂いて……」

吉野《よしの》さんは床《ゆか》にペタンと座り、足先を持ち上げて靴《くつ》の中に入れて、靴《くつ》先から輪ゴムを入れてパチンと止めた。そして足だけ持ち上げてフイフイと動かした。

「……うん。大丈夫《だいじょうぶ》そう」

俺は短いスカートを穿《は》いた状態で生足を持ち上げているのを直視できず、少し離《はな》れた状態でそれを見守る。吉野《よしの》さんは「えい」と立ち上がり、まず窓際《まどぎわ》のほうに歩き、振《ふ》り向《む》いて今度は俺のほうにトコトコと歩いてきた。そして目の前で立ち止まり、

「カポカポ言うけど、大丈夫《だいじょうぶ》そう」

と言って笑顔《えがお》を見せた。吉野《よしの》さんが歩いて連れてきた甘い香りが同時にふわりと漂《ただよ》い、ドキドキしてしまう。

そして床《ゆか》に置いてあったカバンを持ち、

「本当にありがとう。助けてもらってこんなこと言うのなんだけど……すごく意外。辻尾《つじお》くん、学校で女の子と話してるのとか全然見ないし、こんな風に助けてくれる人だと思わなかった」

実際、吉野《よしの》さんだと確信が持てなかったら、俺もスルーしようと思っていたわけで……居心《いごこ》地《ち》が悪くなり目を逸《そ》らし、

「……いや、うん。俺、学校で存在消してるし、中園《なかぞの》としか話してないから」

「中園《なかぞの》くんはここでバイトしてること知ってるの？」

「知らない。学校の誰《だれ》にも言ってない。俺さ、ここら辺で働いてること誰《だれ》にも知られたくないから。だから吉野《よしの》さんも秘密にしてくれないかな」

俺は学校で目立つタイプではない。身長は背の順で真ん中、寝癖《ねぐせ》のひとつも付かないストレートな黒髪《くろかみ》の、本当に普通《ふつう》の男だし、中学で不登校になってから、学校で注目されるのが苦手になった。吉野《よしの》さんはゴムで何とかぶら下がっている靴《くつ》を揺《ゆ》らしながら、

「私も学校と違《ちが》って、こんな服装でウロウロしてること秘密にしてほしい」

「誰《だれ》にも言わないよ、約束する」

「嬉《うれ》しい」

と微笑《ほほえ》んだ。その笑顔《えがお》があまりに丸くて学校と全然違《ちが》って心臓が掴《つか》まれたみたいに苦しくなる。吉野《よしの》さんはカバンからスマホを出して、

「今日のお礼がしたいから、明日学校終わったら話さない？　連絡《れんらく》先教えて？」

そういって吉野《よしの》さんは小さなカバンからスマホを出した。

俺の心臓がバクンと跳《は》ねた。正統派美少女の吉野《よしの》さんと連絡《れんらく》先を交換《こうかん》。マジで？

でもまあ教えてと言われるなら……と俺はスマホを取り出した。吉野《よしの》さんは、

「LINEでもいい？　インスタはログインばれるから、学校出たら落としてるの」

「ああ、大丈夫《だいじょうぶ》」

俺たちはLINEを交換《こうかん》した。吉野《よしの》さんはカバンからい・ろ・は・すのオレンジ味を出して一気に飲んで口元を拭《ふ》いた。

「じゃあ明日学校で。あ、でもここで会った事はちゃんと秘密にする、絶対誰《だれ》にも言わないから、ふたりだけの秘密ね。助けてくれてありがとう」

そう言って吉野《よしの》さんは隣《となり》の通りに向かって走って行った。

俺はLINE画面にある吉野《よしの》さんのアイコンを見てニヤニヤしてしまった。

母さんとバイト先の人としかいなかった友達欄《らん》に、吉野《よしの》さんがいる。吉野《よしの》さんは妹だろうか……そっくりで可愛《かわい》い女の子とふたりで写っている写真をアイコンにしている。こんな可愛《かわい》い

子とふたりだけの秘密……。どう考えても嬉《うれ》しくてニヤニヤしてしまう。……が、すぐに店長から電話がかかってきて走り始めた。配達ひとつに時間かけすぎた。

走りながら俺は親指に巻いたバンドエイドに触《ふ》れた。実はクラスでホウキが折れた時、その折れた破片《はへん》が指に刺《さ》さって怪我《けが》をした。……少し後悔《こうかい》したんだ。グラグラしてた時に早く持って行けば良かったって。

勇気を出して良かった。


「おはよう陽都《あきと》。朝ご飯どうぞ」

「母さんおはよう」

俺はカバンを置いて椅子《いす》に座った。

俺はパンにジャムを塗《ぬ》りながら横に座っている父さんのほうを見た。

「父さん、プリンター、直しといたよ。紙がグチャグチャになって詰《つ》まってた。サイズが違《ちが》うの入れただろ」

「あれ？　なんか違《ちが》うの突《つ》っ込んでた？　いつもと同じ紙を入れたぞ」

「入ってたのB5だったよ。変なことせず、エラーメッセージちゃんと見てよ」

「へいへい」

まるで悪びれない父さんにあきれながら俺はオレンジジュースを飲んだ。

母さんは俺の前の席に座り、

「昨日もバイトに行ってたの？　部活入らないの？　四月なんだし入るなら良《い》いタイミングじゃない？　走りたいなら部活で走ればいいじゃない？」

「いや、もう部活はいいよ。ちゃんと普通《ふつう》に学校行ってるから良《い》いだろ」

「そうだけど……」

そういって母さんはコーヒーを口に運んだ。うちの母さんは近所のスーパーでパート、父さんはサラリーマンという普通《ふつう》の家庭だ。俺はこの家の一人息子《むすこ》で、正直何不自由なく育ち、中学では陸上部で走っていた。でも正直もう部活には入りたくない。陸上部だった時、盗撮《とうさつ》事件があり犯人として疑われた。

真犯人が捕《つか》まり濡《ぬ》れ衣《ぎぬ》は晴れたが、学校がイヤになってしまった。

母さんは最初こそ心配してくれたが、二ヶ月もすると勉強の遅《おく》れと、もう中三なのに高校はどうするつもりだと何度も聞くようになった。そして「これ以上学校に行かないと普通《ふつう》の人生が送れなくなる」と言い続けた。

その時に母さんはすげー『普通《ふつう》』に固執《こしつ》してることに気がついた。

たぶん……ばあちゃんが関係してるんだと思う。

ばあちゃんは母さんと正反対、とにかくエキセントリックな人で、それこそ不登校になった俺の首根っこ掴《つか》んで繁華《はんか》街に投げ込んだ人だ。

ばあちゃんは、やることが全て派手で、中一の俺に「一生分のお年玉をやる」って百万くれたこともある。母さんは驚《おどろ》いて返そうとしたが、ばあちゃんは譲《ゆず》らなかった。曰《いわ》く「この百万で陽都《あきと》の人生の方向が見える」。よくわからないけど俺はその百万でずっと欲《ほ》しかったパソコンと画像加工ソフトを買った。

そのおかげでパソコンに強くなって、得してるのは父さんな気もするけど。

普通《ふつう》の家庭の母さんと父さん、それにエキセントリックなばあちゃんとバイト先、俺はどっちも嫌《きら》いじゃない。

「じゃあ行ってきます」

「はい、気をつけて。大丈夫《だいじょうぶ》？　イジめられてない？　何かあったら早めに言ってね」

「……はいはい」

不登校になってからずっと送り出す言葉はこれだ。

もうやめてくれと思うが、逆に「二度と不登校なんてならないでほしい」という願いが透《す》けて見える。不登校になる前は推薦《すいせん》で高校に行くつもりだったけど、三ヶ月休んだことで消えた。

決めた高校は電車で一時間かかる私立で、推薦《すいせん》で決まりそうだった高校より偏差《へんさ》値も低く授業料も高い。迷惑《めいわく》かけたのは間違《まちが》いないので、心配は素直《すなお》に受け取ると決めている。

「チョリッス、陽都《あきと》。マジネムすぎ。配信面白《おもしろ》くて気がついたら朝だった」

登校すると、学校の下駄《げた》箱で同じクラスの親友……中園達也《なかぞのたつや》に話しかけられた。俺は上履《うわば》きを出しながら、

「昨日大変だったんだぜ。内田《うちだ》先生に仕事頼《たの》まれてプリント地獄《じごく》」

「いや、お前がそれを俺に頼《たの》んだとしても、俺は見捨てた。ゲームの約束してたし」

中園《なかぞの》はキュインとウインクした。同時に天パの茶色の髪《かみ》の毛《け》がモファと揺《ゆ》れた。

コノヤロ……と思うが、まあ俺も頼まれたらバイトを理由に逃《に》げる可能性が高い。

中園《なかぞの》は同じ中学出身のゲーム好き。頭も言葉もチョロいが、盗撮《とうさつ》事件の時にたったひとり「陽都《あきと》がやるわけねーじゃん」と俺を信じてくれたヤツで親友だ。推薦《すいせん》が消えたのは残念だけど、中園《なかぞの》がいるのは正直嬉《うれ》しい。

後ろのドアから教室に入ると、一番前の席に座って本を読んでいる吉野《よしの》さんが目に入った。

昨日の夜とは全然違《ちが》う。ゆるく編まれた三つ編みを肩《かた》に乗せ、背筋をピンと伸《の》ばしている。

このギャップに驚《おどろ》かなかったかと言われたらもちろん驚《おどろ》いたけど、夜の街では男が女に変身する世界だ。だから受け入れられたけれど、あの姿を見た後だと、学校の姿を見るほうがドキドキする。

吉野《よしの》さんは声で気がついたのか、本を置いて俺の方をチラリと見て、目を細めた。

……おお。アイコンタクト。なんか秘密の関係って感じでドキドキする。

するとすぐにLINEが入った。見ると吉野《よしの》さんからだった。

『待ってたよ、おはよう！　今日バイト前に話せる？』

チラリと席のほうを見ると、吉野《よしの》さんは本を読みながら机の上にスマホを置いている。

待っていた、俺を。

スマホを握《にぎ》る手が汗《あせ》ばみ、シャツで拭《ぬぐ》った。

ざわざわと騒《さわ》がしい教室の中。昨日までただのクラスメイトだった俺と吉野《よしの》さんがふたりだけの話題で話してるなんて誰《だれ》も知らない。

そんなのすげー興奮する。でも冷静な表情を装《よそお》って、

『じゃあこの店で十七時に待ち合わせはどうかな。バイト先の近くなんだ。んで俺は十八時からバイト』

と返した。それはすぐに既読《きどく》になり、

『私も十八時からバイト。じゃあ十七時にいく。一時間は話せるね。またあとで！』

とクマのスタンプが踊《おど》った。チラリと吉野《よしの》さんを見ると他のクラスメイトと一緒《いっしょ》に教室を出て行った。

俺はスマホをポケットに入れてニヤニヤする唇《くちびる》を噛《か》んで机に倒《たお》れ込んだ。

やべえ、これ、なんだかすげぇ楽しいんだけど。

ニヤニヤしていると、視界に中園《なかぞの》の巨大《きょだい》スマホが転がり込んできた。

画面にはＦＰＳの試合が映っている。

「なあ陽都《あきと》。コレ見ろよ、エイムやばくね？」

「……いや、マジで落ち着かないわ」

「見ろよ、この角からの飛び出し。マジで反応できるんだって感じだよな」

「……もう緊張《きんちよう》してきたわ、楽しみすぎる」

正直俺はまだ心臓がドキドキしていて、中園《なかぞの》の話なんて一ミリも聞いてなくて自分が言いたい言葉を吐《は》いている。でも中園《なかぞの》はゲームのことしか頭にないので、俺が話半分しか聞いてなくても気にしない。だがそこがいい。

「これラグじゃねーのって言われてるけど、どう見える？」

あまりにもグイグイと画面を見せてくるので、仕方なく意識を戻《もど》す。

「……昨日の大会？」

「そうなんだよ、これ見てたら深夜二時。マジで眠《ねむ》い。課題写させて」

「自分でやれ、バカ」

中園《なかぞの》はここの高校にギリギリの成績で滑《すべ》り込んだ男だ。

それでもプロゲーマーに誘《さそ》われるほどゲームが上手《うま》くて、顔出し配信もしている陽キャでクソモテる。俺もゲームは中園《なかぞの》とたまにするけど、何時間もしたくない。理不尽《りふじん》に殺戮《さつりく》されて腹立つだけだ。中園《なかぞの》は一日最低でも七時間やるって言ってたから、そりゃもう「向いてる」ってやつだろう。ゲームにしか興味がない中園《なかぞの》といるのが、俺は気楽だ。

声がして廊下《ろうか》を見ると内田《うちだ》先生と一緒《いっしょ》に大量のノートを運んでいる吉野《よしの》さんの姿が見えた。

内田《うちだ》先生に言われて、吉野《よしの》さんは再び廊下《ろうか》を歩いて行く。

……他にも何か運ぶものがあるのか？

少しだけでもいいから話したい。

昨日のことが夢じゃなかったと感じたい。

動画を流しながら延々語ってる中園《なかぞの》に「トイレ」と伝えて吉野《よしの》さんの後ろを追った。

目の前を歩いている吉野《よしの》さんは、ゆるく編まれた三つ編みを揺《ゆ》らしながら歩いて行く。そして資料室に入り、ノートの束を持った。俺は横から近づいて話しかけた。

「……運ぶの、手伝い、ます」

「あ。……ありがとうございます」

俺が半分ノートの山を持つと、横に立った吉野《よしの》さんもノートを少し持ち、そのまま身体《からだ》を俺のほうにトン……とぶつけてきた。

え？　学校では近づかない方が良かった？　俺調子に乗ったかな？　と横を見たら、吉野《よしの》さんが俺の耳に口を近づけて小さな声で、

「(助かっちゃった。いつも頼《たの》まれるの。マジ奴隷《どれい》。ありがとう)」

と言った。耳元にふわりとかかる息と甘く香るシャンプーの香り。

吉野《よしの》さんが小声なので、俺も小声で、

「(いつでも手伝うよ)」

「(……嬉《うれ》しい。ノートって重たいんだもん。疲《つか》れるよ)」

そういって目を細めて微笑《ほほえ》み、俺のほうを見た。

昨日と同じ話し方なのに、学校の姿の吉野《よしの》さんがそこにいた。

……やべぇ、やっぱり夢じゃなかった。

あの吉野《よしの》さんと、この吉野《よしの》さんは同じ人だ。

俺は緩《ゆる》んでしまう口をなんとか戻《もど》して、吉野《よしの》さんと一緒《いっしょ》にノートを持って教室に戻《もど》った。

そして「学校ってこんなに時間進むの遅《おそ》かったか?!」とイライラしながら授業を受け、たまにスマホを取りだして吉野《よしの》さんとのやり取りを見てニヤニヤした。

バイト先で会う……ちょっと待てよ、バイト先の服って油ですげー臭《くさ》いから一回家に帰って服を取ってこよう。

母さんにバレないようにバーッと入ってバーッと逃《に》げだそう。

いつもの臭《くさ》い服で吉野《よしの》さんに会えない。

# 第2話　吉野さんとふたり、喫茶店で

「おはようございます」

「あら陽都《あきと》くん、今日は早いのね」

「バイト前に近くの店で人と会うので」

学校が終わり次第《しだい》、鬼《おに》のような速度で家に帰り服を摑《つか》んでバイト先に駆《か》けつけた。

基本的に俺は、日曜日と平日の十八時から二十一時までバイトしている。ばあちゃんに投げ込まれた場所だけど、時給が良く、貯《た》めたお金でパソコン周りに課金できるし、服も買えて楽しい。本当は二十二時までバイトしたいけど、それはさすがに勉強する時間がなくなる。母さんはばあちゃんが紹介《しょうかい》したここを良《い》いと思ってなくて、隙《すき》あらば辞《や》めさせたいと思っている。

成績が落ちたらそれを理由にされるのは目に見えているから、成績は落とせない。

大学は行くつもりなんだけど……正直大学行ってまで学びたいことがないし、ここで働いてる人たちは、良《い》い大学を出ても大変そうな人が多い。だからそれを目指す意味が分からなくてやる気が出ない。

「うし。こんな感じでいいだろ」

制服をハンガーにかけて、控《ひか》え室《しつ》にある鏡で全身をチェックする。

いつもはここに置きっぱなしの黒のパーカーに黒いパンツだ。家で着古した服を適当に着ている。制服がないのでセルフ制服なんだけど、店内はずっと揚《あ》げ物《もの》をしてるので、服がものすごく油臭《くさ》くなる。そんな服で吉野《よしの》さんに会いたくない。だって昨日の吉野《よしの》さんはすごく可愛《かわい》かったから。

でも昨日の服をもう見られてるから、ここで頑張《がんば》りすぎるのも変か？

いや、汚《きたな》い服装より、キレイな服の方が良《い》いに決まってる。だって昨日の吉野《よしの》さんの白のVネックとミニスカ可愛《かわい》すぎた。Vネックの隙間《すきま》から見えてたキャミが黒なのがまた良かった。長い足がスラリと、もう最高だった。

少し高めのシャツにカーディガンを羽織った自分を見て、やっぱカーディガンはないのでは？　といつものパーカーを羽織ったが、臭《くさ》い。

やっぱこれじゃない。今日はカーディガンで行く。穴だらけのGパンじゃなくて普通《ふつう》のスラックス。でもこれが臭《くさ》くなるのはイヤだからバイト前に着替《きが》えよっと。

その服装で控《ひか》え室《しつ》から出ると、パートで働いている品川《しながわ》さんが目を細めた。

「あら。陽都《あきと》くんカッコイイじゃない。頭良さそうに見えるわよ」

「頭良くないです、何個かどーしても解けなくて困ってるんです。週末バイト前に勉強見てもらっていいですか？」

「いいわよ。数学？」

「そうです、引っかかってそこから動けなくて」

「じゃあ日曜日の交代前で良《い》い？」

「よろしくお願いします」

俺が頭を下げると品川《しながわ》さんは唐揚《からあ》げを並べながら、

「礼《れい》と遊んでくれるの助かるし、全然いいのよ」

「礼《れい》くん、足めちゃくちゃ速いですね。もう勝てないです」

「バスケが好きみたいなのよねー」

そういって品川《しながわ》さんは微笑《ほほえ》んだ。品川《しながわ》さんはこの店で長くパートとして働いている人だ。

昔有名塾《じゅく》で講師として働いていたんだけど、生徒の子どもを妊娠《にんしん》。妊娠《にんしん》させた生徒の親と塾《じゅく》は、品川《しながわ》さんだけを責めて追放した。そして品川《しながわ》さんは保育所があるうちのキャバクラに入店してきた。でも過去を知ったばあちゃんが自分が持ってる塾《じゅく》に講師として採用。品川《しながわ》さんはそれから塾《じゅく》講師をしながら、ここでパートとして働いていて、俺はたまに息子《むすこ》の礼《れい》くんと公園でバスケをしている。

俺は塾《じゅく》で他の先生に習ったこともあるけど、正直品川《しながわ》さんのほうが教えるのがうまい。ただ答えに導くだけじゃない、次も必ず解けるように指導してくれるんだ。こんなに頭が良くて有名大学出てるのに、ひとりで子育てするのは経済的に大変だと思う。

妊娠《にんしん》させた男はほんとクソだと思うけど品川《しながわ》さんは「私が好きで産んだの」という。

品川《しながわ》さん見てると、勉強って、大学って、何だろ……と思うけど、クソ男に引っかかっても勉強してたから、こうやって講師の仕事もできるわけで。

品川《しながわ》さんは「学歴は人生の靴《くつ》みたいなもので、履《は》いてたほうが安心。まあなくても歩ける」と言う。よく分からないけど、少しだけ分かる。そんな品川《しながわ》さんをすごく尊敬してるし、信用してる。

俺は背筋を伸《の》ばした。

「……変じゃないですかね。こう、頑張《がんば》りすぎてないですかね？」

「ちょっと～。綾子《あやこ》さんには絶対秘密にするから教えて？　デート？」

「絶対ばあちゃんに言いますよね?!　違《ちが》います、全然そうじゃないんですけど、とにかく……めっちゃ可愛《かわい》い子とお茶飲んできます」

「やだ――。妊娠《にんしん》させないでね？」

「……品川《しながわ》さんがいうと重みハンパないッス」

「ゴム持った？」

「お茶です!!」

「かっこいいわよ、大丈夫《だいじょうぶ》。自信持って」

「……はい」

俺は品川《しながわ》さんに頭を下げて店を出た。

この店は地下鉄の駅から徒歩五分程度の所にある。夕方のこの時間帯は仕事を終えたサラリーマンたちが飲み屋に消えていく。居酒屋に呼び込む声、そばの出汁《だし》の匂《にお》い、これから出勤するキャバ嬢《じょう》たちの笑い声と、ゲーセンから聞こえてくる爆音《ばくおん》。俺はこの繁華《はんか》街が好きだ。

慣れた裏路地を歩き、待ち合わせの喫茶店《きっさてん》に向かう。指定したのはバイト先から少し離《はな》れた所にある、小綺麗《こぎれい》な喫茶店《きっさてん》だ。

どこにしようか悩《なや》んだけど、ここら辺で二年バイトしてると顔見知りの店が多くて、女の子と会っててネタにされない店を一瞬《いっしゅん》で必死に考えた。

品川《しながわ》さんや昨日会ったミナミさんも、みんな俺をイジって遊ぶんだ。やめてほしいけど……色々相談には乗ってほしい。自信ないけどスタート時点でかっこつけたから、このまま大人っぽい町で働くキャラで吉野《よしの》さんの前に立ち続けたいんだ！

一階の店の窓ガラスで髪《かみ》の毛《け》と服装を確認《かくにん》して店に入ると、窓側の席にもう吉野《よしの》さんが座っていた。

今日の髪型《かみがた》は昨日とまた違《ちが》う……黒髪《くろかみ》ロングは背中まである……それに白色のハイネックセーターにスリットが入ったロングスカートに黒くてごついブーツ。

ん――――、可愛《かわい》い。昨日のVネックとミニも良かったけど、スリットもすごくいい、ものすごくいい。少し咳払《せきばら》いをして声を整えて、

「……待たせた？」

俺がそう言って近づくと、長い黒髪《くろかみ》をくるりと回してパアアと笑顔《えがお》を見せて、

「辻尾《つじお》くん！　私が早く来ちゃったの。だからここで待ってたの。今日も私が一目で分かった？」

と目を細めた。その目の上は学校とは違《ちが》いキラキラとしたアイシャドーがのせてあり、口紅は控《ひか》えめなピンク色だ。

……可愛《かわい》い。俺はドキドキしたが冷静な表情で答える。こんなことでキョドると思われたくない、知識だけはある。

「俺女の人の変身よく見てるから、わりと分かる。昨日も動いた時にベージュのウイッグの下から地毛が見えて吉野《よしの》さんだって確信したんだ。今日は黒髪《くろかみ》ロングのウイッグなんだね」

「そう！　見て見て！　今日はネット被《かぶ》らないタイプのやつで、上は自分の毛なんだよ。その下にぐる——っと回すみたいに紐《ひも》があって、それで地肌《じはだ》にくっつけてるの」

「それだとフルウイッグと違《ちが》って頭が蒸《む》さないって聞いたことがある」

「やっぱり辻尾《つじお》くん、大人っぽい所で働いてるだけあって、冷静だし何でも知ってるんだね」

……冷静キャラ、どうやら成功してるみたいだ。

俺は椅子《いす》に座って店員さんに手を上げた。

「とりあえず話そうか。あ、すいません。コーヒーください」

実の所コーヒーは苦手だが、大人っぽい俺ゆえ、とりあえず飲む。

ギリ飲めるけど、美味《おい》しいとは思わない、すっぺーもん。

俺は注文して吉野《よしの》さんの横に座った。

吉野《よしの》さんはオレンジジュースを注文していたようで、それを引き寄せて一口飲み、

「私がバイトしてるの、あのメイドカフェなの。店員全員現役《げんえき》ＪＫが売りだけど、あんな短いスカートのＪＫ今時いないよね。あ、見せパン穿《は》いてるから気にしてないんだけどね」

そう言って吉野《よしの》さんが指さしたのは、大通りに面しているカフェだった。

たしかにあの店は可愛《かわ》い子が超《ちょう》ミニスカで接客してくれることで有名だ。

吉野《よしの》さんはストローでカラカラと氷を回して、

「一年くらい前に高校生もＯＫな派遣《はけん》会社に登録してね、ここには一週間くらい前にきたばかり。時給が良《い》いところメインで選んでるから制服がきわどい所が多くて。知り合いに絶対バレたくないから始めたガチ変装なんだけど楽しくてハマっちゃって。ウイッグ二十個くらいあるの。見て！」

そう言ってスマホロックを解除して写真を見せてくれた。

そこには色んな色のウイッグ……ピンクからベージュ、長さもロングからショートまでたくさんあった。それを着用して自撮《じど》りしている笑顔《えがお》は、どれも学校と全然違《ちが》う濃《こ》いメイクだ。

「一年の時に町でジュース配るバイトしてたの。その時うちの学校の子たちが通りかかったんだけど、全然気がつかなかったよ。だから辻尾《つじお》くんすごいね」

「昨日会った……えっと、ほら、女の人、ミナミさん」

「おっぱいさん！」

おっぱいさんと吉野《よしの》さんが言ったので、横の席に座っていたカップルがこっちをチラリと見た。それに気がついて吉野《よしの》さんは俺の方に椅子《いす》ごとズルルと寄ってきて、

「(……大きな声で言っちゃった。だってすごかったんだもん)」

「……まあ、うん、ミナミさんは巨乳《きよにゆう》カフェにいるからな」

「巨乳《きよにゆう》カフェ⁈　……あわわ」

また大声になってしまったことを気にしたのか、吉野《よしの》さんは手で口を押さえて、俺にもっと近づいてきた。そのたびにふわりと甘い香りがして、左腕《ひだりうで》はもう完全に吉野《よしの》さんに密着している。……Dカップかな……俺は乳首《ちくび》が透《す》けたおっぱいをよく見ている紳士《しんし》だから分かる……。

意識を遠ざけることで俺はなんとか冷静な表情を保ち、クソ苦いコーヒーをブラックで飲んだ。もっと話したい。スマホの画面を明るくして時間を確認《かくにん》した。

するとバイト開始まであと三十分だった。

「あの店でバイトしてるってことは、着替《きが》えとかあるよね？　何時に戻《もど》ればいい？」

「……そんなこと気にしてくれるんだね、ありがとう」

「いや、女の子の着替《きが》えって時間かかるから」

ミナミさんは、昼にお堅《かた》い会社でOLして夜はおっぱいカフェで働いている。

更衣《こうい》室に来るときは黒スーツにメガネ黒髪《くろかみ》なのに、一気にキャミソール姿のエッチなお姉さ

んに変身するんだけど、その作業には三十分かかると言っていた。

吉野《よしの》さんは横の席でえへへと笑い、

「パーッと脱《ぬ》いで着るだけだけど、ウイッグが取れないように着替《きが》えるから十五分前には出たいかも」

「了解《りょうかい》。じゃああと十分は話せるかな」

「……こんな風に私の時間を気にしてくれるの、嬉《うれ》しいな」

「いやいや、いつまでも話しちゃいそうだったから」

そこまで言って、吉野《よしの》さんとずっと話したいと自ら告白してしまったことに唇《くちびる》を噛《か》んだ。

そんなことは全く気にせず吉野《よしの》さんはゴールドのアイシャドーが乗っている目尻《めじり》を下げて、

「わかる！　今すっごく楽しいよ。あのね、辻尾《つじお》くんの『頑張《がんば》った記憶《きおく》』ってどこが最初？」

「ええ？　頑張《がんば》った記憶《きおく》……？」

突然《とつぜん》何のことだろうと思いつつ、自分の顎《あご》を持って思い出してみる。

頑張《がんば》った……明確に覚えているのは……。

「小学校の頃《ころ》、白米食べたあとに飲まされる牛乳が嫌《きら》いでさ」

「あ——、わかる。よく考えると小学校の時しかしてないよね、あれ」

そういって両手をパチンと叩《たた》いて笑うと今日は長い吉野《よしの》さんの黒い髪《かみ》の毛《け》がピョンと跳《は》ねた。

動きのひとつひとつが可愛《かわい》くて、少し近づいて話す。

「飲まないと昼休みなし！　って言うから、一気に飲んだ。それが最初かなあ」

「昼休みに残って食べてる子、いた！　あれイヤだよねえ。私の最初の頑張《がんば》った記憶《きおく》は幼稚園《ようちえん》のお遊戯《ゆうぎ》会でね、私は主役だったの。『絶対に失敗できない』『みんな見てるんだから』ってすっごく頑張《がんば》ったの。あれがトラウマで今も歌が苦手」

「今も？」

「そう、今も全然好きじゃないよ。毎日家でお母さんと練習してね、すごく辛《つら》かった」

「ああいうのって親の方が張り切るよな。うちも家族総出で見に来てビビった」

小学校の時の発表会に、母さんもばあちゃんも、父さんの母さんもじいさんもその弟まで居て、一体何なんだ？　と思ったのを覚えてる。

吉野《よしの》さんはストローで少しオレンジジュースを飲んで視線を外し、

「そう。家族のが頑張《がんば》るよね。でも私は苦手で……。お遊戯《ゆうぎ》会の時ね、いつも仕事で忙《いそが》しいお父さんも来るって事になって、お母さんが更《さら》にヒートアップしちゃって」

「あー……なるほど」

「私のお母さんは市議会議員をしてるの。教育関係ではちょっと有名な人でね。子どもの教育とか、権利とか、そういう講演会とかもしてる人なの」

「えっ、マジで？」

そんなこと知らなかった。吉野《よしの》さんはスマホを解除して写真を見せてくれた。

そこには出版記念パーティーで着物を着て立っている美しい人……その右側に吉野《よしの》さん。左側にLINEのアイコンでも一緒に写っていた可愛《かわ》い人が立っていた。大きなホールの真ん中でライトを受けて話し、ご高齢《こうれい》な人と握手して笑顔《えがお》を見せている……そんな写真が無限に出てきた。

吉野《よしの》さんがスマホを机に置いて、

「テレビに出てるわけじゃないからクラスメイトは知らないけど、学校関係では有名人で、校長先生も知り合いなの。学校の先生たちもみんなそれを知ってる」

「げ」

「『げ』でしょ。マジで『げ』。お母さんがそういう関係で有名人だからさ、私は絶対に『超《ちょう》しっかりしてないとダメ』なの」

「だからあんなに優等生で勉強もして委員長までキメて、あげく先生の奴隷《どれい》までしてんのか」

「奴隷《どれい》笑う！　いや自分で言ったんだけどね。学校での生活は全部お母さんに知られてると思う。しっかりしたちゃんとした娘《むすめ》。その評判は絶対に崩《くず》しちゃダメ」

「そうなの、か……？」

そんなのめちゃくちゃ息苦しいと思うんだけど。

吉野《よしの》さんはカランとストローで氷を回して、

「お母さん、昔は普通《ふつう》の主婦だったんだよ。でもお父さんの願いを引《ひ》き継《つ》いで、すごく頑張《がんば》って今の地位まで来てるの。今は国会議員めざして頑張《がんば》ってる。それを横で見てたから、私は絶対に邪魔《じゃま》したくないの。優等生を演じなきゃ……と思うより、お母さんの頑張《がんば》りを邪魔《じゃま》したくない気持ちが大きいよ。妹ほど優秀《ゆうしゅう》じゃないけどできる限り応援《おうえん》したいと思ってる」

そう言って吉野《よしの》さんはコップの残っていた氷をガリッと噛《か》んだ。

じゃり、じゃり、とかみ砕《くだ》く音が響《ひび》いて、吉野《よしの》さんは口を開いた。

「でも家でもしっかりしてなきゃいけなくて息苦しくて、早く家を出たいの。そのためにお金貯《た》めててバイトしてる感じ」

「一人暮らしするために？」

「そう。許して貰《もら》える気がしなくて……。でも絶対出たいから。そのためのお金」

聞いていてやっと納得《なっとく》ができた。ここは高校生がバイトしにくるには、リスクが高い場所だ。酔《よ》っ払《ばら》いが絡《から》んでくるし、詐欺《さぎ》も変態も山ほどいる。でも女子高校生はトップランクの価値があって、現役《げんえき》だと特にバイト料が高い。優等生の吉野《よしの》さんがどうしてこんな所でバイトを……？　と思ったけど、家を出たいからなのか。俺は髪《かみ》の毛《け》を見て、

「でも家で変装したら、さすがに色々バレない？」

「えへへ～。家族がトランクルームを借りてるの。昔の荷物がメインでみんな存在を忘れてるんだけどね。そこの奥のほうにこっそり置いてて……ほら、見て」

見せてくれた写真には棚《たな》が写っていて、カーテンらしきものが見えた。

その奥の衣装《いしょう》ケースに隠《かく》されるように服やウイッグ、それにメイク道具が置かれていた。

「なるほど、家にはいつもの服装で帰って、ここで変身してるのか」

「そう。最初は普《ふ》通《つう》のファミレスでバイトしてたんだけど、時給悪すぎて、あと勉強も手を抜《ぬ》けないから、そんなに長く働けないし。でも最初に必要なお金だけでも早く貯《た》めたくて」

「わかる。時給が低いとマジで稼《かせ》げないよな」

「そうなの――。もう無理！　って思って今の女子高校生派遣《はけん》のところ見つけたの。まあ制服はちょっとアレな所が多いけど、変身するお金も稼《かせ》げるし楽しいよ」

そう言って吉野《よしの》さんはスマホをポケットに入れた。

あ、もうそろそろ時間だ。授業中は全然時間が進まないのに、楽しい時間は秒で消えていく。

吉野《よしの》さんはバッグを手に持って、

「いつもキチキチしっかり。誰《だれ》に見られても大丈夫《だいじょうぶ》な私でいるけど……今日学校で、こっそり素の自分になったの、ものすごく興奮したの」

「……おう」

興奮。そんな言葉を吉野《よしの》さんが言ってる時点で興奮してしまう俺はマジで安い。

吉野《よしの》さんは俺のほうを見た。

ゴールドのアイシャドーが塗《ぬ》られている瞳《ひとみ》は少し潤《うる》んでいて、引き寄せられるように目が離《はな》せない。

温度を感じて自分の太ももを見ると、そこに吉野《よしの》さんの手が置かれていた。

細くて長い指。

……ちょっと、あの。

身体《からだ》がビクリとしてしまうがなんとか耐《た》える。

「本当の私を知ってる辻尾《つじお》くんにお願いがあるんだけど」

吉野《よしの》さんは俺の太ももに置いた手に体重を乗せて、グッ……と近づいてきた。

艶々《つやつや》とした口紅が塗《ぬ》られた唇《くちびる》が開く。

「たまにああやって学校で私を穢《けが》してくれないかな」

「……穢《けが》す？」

「触《ふ》れて、近づいて、私を私にしてほしい。学校は私にとって、絶対に悪いことしちゃダメな所だからこそ、だめなこと、こっそりしたい」

そう言って吉野《よしの》さんは俺の太ももの上でツイと指を立てた。

やばい、これはかなりヤバい。

俺は唾《つば》を飲んだ。

吉野《よしの》さんは目を細めて視線を逸《そ》らして小さくむくれる。

「ダメって、何もエッチしたいとかじゃないよ」

「お。おう」

俺はさっきからキョドって「おう」しか言えない。

「学校でこっそりと素の自分になりたい。それってお母さんに勝ったみたい」

お母さんに勝つ……？

学校で素になることと、勝利の関係性がよく分からないけどコクンと頷《うなず》く。

吉野《よしの》さんは俺の目をまっすぐに見て続ける。

「私のこと全部知ってる……秘密の親友になってくれないかな？」

秘密の親友。

その響《ひび》きがなんだか甘美《かんび》で嬉《うれ》しくて、コクコクと頷《うなず》いた。

「俺なんかでよければ全然。俺も今日なんかすげードキドキして、嬉《うれ》しかったし」

「良かった――。学校と外で違《ちが》いすぎて、ドン引きされてるかと思ってたー、良かったー」

そう言って「はあ」と力を抜《ぬ》いて両肩《りようかた》を下ろして眉毛《まゆげ》もフニャリとさせた笑顔《えがお》を見せた。

さっきの妖艶《ようえん》な表情とは別人みたいで、ドキドキして息が苦しい。

吉野《よしの》さんは右手の小指をピンと立てて、

「秘密の親友、指切りげんまん？」

と小首を傾《かし》げた。長い髪《かみ》の毛《け》がさらりと肩《かた》から落ちる。

俺は唇《くちびる》を噛《か》んで手を持ち上げ、小指を立てて、ゆっくりと吉野《よしの》さんの細すぎる小指に近づけた。

その奥には潤《うる》んだ真っ黒な瞳《ひとみ》で見ている吉野《よしの》さんがいる。

絡《から》めるように吉野《よしの》さんの小指に、自分の小指を巻き付けると、キュッと吉野《よしの》さんの小指がきつく俺を抱《だ》き込んだ。

「裏切っちゃダメよ？　約束なんだから」

そう堅《かた》く結んでからパッと離《はな》して、吉野《よしの》さんは立ち上がった。

俺たちは会計を済ませて店の外に出た。吉野《よしの》さんは「じゃあまた明日学校でー」とカフェに消えていった。

俺の右手小指は、まだじんじんとしびれていて胸がドキドキと高鳴りすぎて息が苦しい。

ほぼ叫《さけ》びながらバイト先に戻《もど》った。

# 第3話　少しでも近くに、一緒に

「……ミナミさん、ポテトどうです？　これは俺のおごりっス」

「わーい頂きまーす。なになに？　告白？

「ミナミ彼氏《かれし》と超《ちょう》ラブラブだから困っちゃう～～」

「違《ちが》います。ちょっと話聞いて欲しくて……」

さっきから雨が降りはじめて町自体に人が少なく、配達先にミナミさんがいるおっぱいカフェがあったので、注文と一緒に作り置きしてあったポテトも持って来た。

ミナミさんは二十一歳で、ここら辺で働いてる人の中では最も年齢《ねんれい》が近く、それでいて大人びているので相談しやすい。ミナミさんは彼氏《かれし》の起業を応援《おうえん》のために働いてるらしいけど、細かく聞いていない。まあばあちゃんが相談に乗ってるから大丈夫《だいじょうぶ》だろうと思っている。

俺は雨だれの音が響《ひび》く裏口の扉《とびら》を背に、ずるずると座り込んだ。

「……ミナミさんは、誰《だれ》かに『自分を穢《けが》してほしい』って思ったことあります？」

バイトしながら、ずっとその言葉が気になってた。

どういうことなんだろう。俺に何を求めてるんだろう。

ミナミさんは持っていたたばこを取り出して火をつけた。

「穢《けが》してほしいってたぶん、死なないように殺してほしいってことだと思うよ」

「……はい？」

予想外の言葉に俺は首を傾《かし》げてミナミさんを見た。

ミナミさんは美味《おい》しそうにたばこを吸い込んで、煙《けむり》を吐《は》き出《だ》した。雨で湿《しめ》った空気が煙《けむり》を飲み込んで消えていく。

「昔ね。すごく大切にしてたぬいぐるみのウサギさんを傷つけるのが好きだったの」

「え？」

「それで、それを縫《ぬ》い合《あ》わせるの」

「ええ……？」

「今なら分かる。あのウサギは私なの。傷つけて、再びつなげて、元通り」

なんだかすごく危ない気がして、

「ミナミさん。大丈夫《だいじょうぶ》ですか？」

「昔の話だよー、すっごく昔の話。今は普通《ふつう》に働いてるＯＬだし、そんな面倒《めんどう》なことしない。そもそも裁縫《さいほう》なんて好きじゃないのよ」

すっごく昔って、今二十一歳なのに、そんなに昔はないだろう。

ミナミさんはたばこの灰を灰皿にトンと落とし、

「傷ついても元通り。自分で直せる。あれみるとすごく安心するの」

「すいません、全然わからないっス」

「ここで気持ち分かりますって言われたらキモくて頭に灰落とすー」

「……正解でよかったス」

ミナミさんは最後のたばこを吸い込んで押し消して、ポテトに手を伸《の》ばした。

それを今度はたばこみたいに口にさして、

「あれは形を変えた自殺だって今は分かってる。でもみんな自殺してるじゃん。徹夜《てつや》でアホみたいに仕事する人だって、バカみたいに酒飲む人だって、自分の心を殺して生きてる人だって、みんな少しずつ自殺して生きてる。それと何が違《ちが》うの？」

正直ミナミさんが言っていることがよく分からない。

徹夜《てつや》で仕事をすることと、ウサギの傷を直すことが同じだと思えない。

ただ、ミナミさんの精神状態が昔悪かったことだけは分かる。

「ミナミさん、今は……？」

「もう大丈夫《だいじょうぶ》だって。でも『穢《けが》す』なんていう子は、あんまり良《い》い精神状態じゃないのは間《ま》違《ちが》いないよ」

ミナミさんは飲み終わったペットボトルをぐしゃりと潰《つぶ》して、

「でもこれは私の話。だからその子には当てはまらない」

「……もちろんです。聞いてくれてありがとうございます」

ポテトありがとー！　そう笑いながらミナミさんは乳首《ちくび》が透《す》けたキャミソールを着たまま店に戻《もど》っていった。

あんまり良《い》い精神状態じゃない？　あんなに明るくてしっかりしている吉野《よしの》さんが？

相談して更《さら》に混乱したような……？

更《さら》によく分からなくなったけど、俺はとにかくもっと吉野《よしの》さんと話したい、近づきたい、もっと彼女を知りたいんだ。俺は雨が降り続ける町の中を早足で走った。

「んじゃ、五月にある体育祭の実行委員決めますー。クラスからふたり！　やれる人いますか？」

雨は朝には止《や》んだが、グラウンドはまだ濡《ぬ》れていて、窓の外から少し湿《しめ》った風がじめじめと入ってくる学活の時間。内田《うちだ》先生はモニターに体育祭の概要《がいよう》を出して説明を始めた。

「去年は一年生だから参加しただけだと思うけど二、三年生から実行委員だしてやってるの。期間はこれから一ヶ月がメインかな。去年やったから知ってると思うけど、うちの体育祭は結構派手に楽しくやるから、お祭り好きな人はいいと思うけどどうかな？」

「……はい、先生、私やります」

その問いかけにまっすぐに手を上げたのは吉野《よしの》さんだった。

クラス中が「おお……」という空気になる。委員長もしてて実行委員も立候補……さすが吉《よし》野《の》さんという空気だ。去年俺も体育祭を体験したけど、クラスみんなで旗を作り、学年対抗《たいこう》リレーもあって結構盛り上がった。うちの高校は運動部が強いこともあり応援団《おうえん》も華《はな》やかで、それもお祭り感をアップさせていた。だから準備が大変そうなのは分かるし、表に立つのも、目立つのも良《い》い思い出がなくて苦手で、全然やりたくないけど……。

前に立って先生からプリントを受け取っている吉野《よしの》さんを見て、俺も手を上げた。

「……先生、俺もやります」

「おおおおお?!」

クラス中の注目が一気に集まり、緊張《きんちょう》で心臓がキュッとして苦しくなり、手が震《ふる》えた。

でも吉野《よしの》さんを見ると、目を細めてほんの少しだけ笑った。

そうだ、完全に、吉野《よしの》さんと学校でふたりの時間を増やすために立候補した。

準備で色んなところで公式で二人っきりになれるんじゃないかな……と思ったし、「同じ係」という枠《わく》になれば、話していても変だと思われない。

それに昨日の夜、ミナミさんと話した内容がずっと頭の中にあった。

『あんまり良《い》い精神状態じゃないのは間違《まちが》いないよ』

もちろんミナミさんの話だ。でもその確率はゼロじゃない。正直……吉野《よしの》さんの力になりたい、何かしたいとか、目立つのがイヤだとか、そんなの全部かなぐり捨てて、太ももに置かれた手が気持ち良かった。昨日の夜はそれを思い出してなんど昇天《しょうてん》したか分からない。

学校でもあんな風に吉野《よしの》さんの近くに居たい。少しでも長く。近づきたい。

目の前の席の中園《なかぞの》が、

「おいおい陽都《あきと》、お前突然《とつぜん》やる気だしてどうしたよ?!」

と俺の机を叩《たた》く。左右の席のやつらも「陽都《あきと》そんなキャラ?」と騒《さわ》いでいる、この反応は当然だ。だって今まで一年ちょっと、学校で自ら手を上げて前に立ったことなど一度もない。

お前らは、これをすることでどれほどの恩恵《おんけい》を受けられるか知らないんだ。いや、その恩恵《おんけい》を受けられるのは俺だけだから仕方ないな。

俺は実行委員を引き受けたんじゃない、吉野《よしの》さんと公式にふたりっきりになれる権利を手に入れたのだ。


「私、知ってる〜。辻尾《つじお》くんがパソコンに強いって知ってる〜」

「内田《うちだ》先生。これ、体育祭の仕事関係あります?」

「超《ちょう》関係あるよ。見てこれフォトショップ。これ何で立ち上がらないの?」

「……かなり古いバージョンですね。ちょっとまってください。無料フォントが三百以上入ってます。だから立ち上がらないんですよ」

「助けて!　先生コレ使って冊子作れって押しつけられただけで全然分からないの」

昼休み。

さっそく実行委員に頼《たの》みたいことがあるというので委員会準備室に呼ばれて来たら、行事に使ってるというパソコンを押しつけられた。

見るとデスクトップには無限のアイコンとファイルが並び、何がなんだか分からないし、アップデートも何年もしてない。

なんじゃこりゃ。俺はファイルを片《かた》っ端《ぱし》から開いて整頓《せいとん》していく。

「辻尾《つじお》くん、すごいですね。パソコン強いんですか」

横をみるとトンと缶《かん》コーヒーが置かれた。顔を上げると横に吉野《よしの》さんがいた。

緩《ゆる》く編まれた三つ編みからこぼれている髪《かみ》の毛《け》が窓から入ってくる風でふわりと揺《ゆ》れた。昨日みたいにメイクなんて全くしてない素顔《すがお》だけど、ものすごく可愛《かわい》い。

委員会準備室にはたくさんの人がいて二人きりではない。だから普通《ふつう》の会話しかできないけど……それでも普通《ふつう》に話せる立場を手に入れたことが嬉《うれ》しくて口元がニヤニヤしてしまう。

俺はコクンと頷《うなず》いて、

「わりと好きなんです。画像とか、動画とか作るのが」

「すごいですね。私はそういうのは全然できません。でもこれデスクトップが酷《ひど》いですね」

そうクスリと笑って、横の席に座った。

俺はマウスを動かしながら、

「画面埋《う》まるまでファイル置いて、ショートカットもなに、も……な、い…………」

そこまで言って心臓が跳《は》ね上《あ》がった。

俺の右手……マウスを握《にぎ》ってるんだけど、その小指に、横に座った吉野《よしの》さんの左手小指が触《ふ》れている。

それは本当に、触《ふ》れるか、触《ふ》れないか、分からないほど、ほんの少しの接触《せっしょく》だけど、間違《まちが》いなくわざと触《ふ》れている。

委員会準備室は教室の半分くらいの広さで、窓が大きく開いていて外にはまだ残っている桜の花びらが舞《ま》っている。

さっきまで湿《しめ》っていた空気も乾《かわ》いてきて、空気が丸くて柔《やわ》らかい午後。

調子に乗った誰《だれ》かが去年のクラス旗を取り出して振《ふ》り回《まわ》している。

旗が大きく舞《ま》って、みんなそれに夢中で俺たちのことなんて誰《だれ》も見てない。

吉野《よしの》さんはその小指をクッ……と昨日みたいに絡《から》ませてきた。

昨日の言葉を思い出す……『指切りげんまん』……俺も吉野《よしの》さんの小指をマウスに巻き込むように絡《から》め取った。

吉野《よしの》さんはすごく嬉《うれ》しそうに目を細めてすごく小さな声で、

「(一緒《いっしょ》に実行委員になってくれて、うれしい)」

と、言った。

こんなにみんながいるのに、誰《だれ》も俺たちのことを知らない。

旗が大きく視界を奪《うば》って、数秒間息をしてなかった事に気がついて、慌《あわ》てて息を吸い込んだ。

窓から入ってきた大きな風が三つ編みをゆっくり揺《ゆ》らした。吉野《よしの》さんは立ち上がり、

「先生、写真は全部ここに入ってるんですか？」

「あったりなかったり。過去のデータは床《ゆか》に転がってるHDDに入ってると思うんだけど」

先生と吉野《よしの》さんは話しながら委員会準備室から出て行った。

夢みたいな一瞬《いっしゅん》で、でも俺の心臓の痛みが現実だと知らせる。

……実行委員最高！　俺は吉野《よしの》さんが買ってくれた缶《かん》コーヒーを一気飲みして作業を開始した。

過去のデータが入っているHDDは箱に入った状態で放置してあった。箱は机の下で埃《ほこり》だらけになっている。俺はわりと几帳面《きちょうめん》で、こういうのは我慢《がまん》できない。埃《ほこり》をティッシュで拭《ふ》いて取りだし、中身を確認《かくにん》、箱に年代と内容を簡単に書いていく。

気がつくと委員会準備室には誰《だれ》もいなくなっていた。

ふたりっきりの時間が作れるなら……と思い切って立候補したけど、吉野《よしの》さんはクラス旗の布発注のために三年生の人たちと店に行っていた。

パソコンオタクと、外で活躍《かつやく》できる吉野《よしの》さんが同じ委員に入ってもそんなに一緒《いっしょ》に居られないのか……と椅子《いす》にひっくり返って絶望していると、吉野《よしの》さんからLINEが入った。

『えーん、今日は十七時に喫茶店《きっさてん》行けないよ。まだ店で布の値段交渉《こうしょう》してるの』

俺はそのLINEを見て姿勢を正す。明日もあの店で……なんて明確に約束してないのに、

それを当たり前だと思ってくれる状態がうれしい。

『俺も無理そう。パソコンがアホすぎて時間かかる』

でも会いたい、話したい。それをストレートに書いてもいいのかなと悩《なや》んでいたら『ひらめいた！』のスタンプが踊《おど》った。

『ね、辻尾《つじお》くん、どこの駅からバイト先行ってる？』

『西中央』

『私も！　ね、駅からちょこっと一緒《いっしょ》に歩かない？　少しだけでも今日のこと、顔みて話したいなあ』

『分かった。じゃあクッキー屋の前ね。あ、交渉《こうしょう》終わった、あとで！』

了解《りょうかい》、とスタンプを送って俺はスマホを握《にぎ》りしめた。少しだけでも顔みて話したい。

そんな風に思って貰《もら》えてメチャクチャ嬉《うれ》しい。

俺はカバンを摑《つか》んで学校を飛び出した。


西中央駅は古い地下鉄の駅で、駅とコンコースが直結されている。

コンコースには色んな店が出ていて、そのひとつにクッキー屋がある。その店があるから、ここはいつも甘い香りに包まれている。いつもは「すごい匂《にお》いだな」としか思わないけど、そのお店のキャラクターはベージュでふわふわヘアーをしていて、吉野《よしの》さんのことを思い出した。

だから俺はここの前を通って二年。はじめてひとつ……いやふたつクッキーを買ってみた。食べると匂《にお》いよりは甘くなくてサクリとしてるのにほろほろ柔《やわ》らかくて美味《おい》しかった。

「辻尾《つじお》くん、クッキー好きなの？」

声に振《ふ》り向《む》くと吉野《よしの》さんが立っていた。

吉野《よしの》さんは最初に会った時と同じベージュのふわふわとしたロングヘアーだった。服は水色のジャケットを羽織っていて、チェックのスカートを穿《は》いている。黒のストッキングが良《い》い感じに透《す》けていて……すごく良《い》い、今日もめちゃくちゃ良《い》い。

俺はふたつ買ったうちのひとつを吉野《よしの》さんに渡《わた》して、

「この駅、二年間使ってて、この店でクッキー買ったことなかったけど……バイト前だし小腹が減って。吉野《よしの》さんもどう？」

この店のキャラクター吉野《よしの》さんみたいだから買っちゃった……なんて軽い言葉は言えない。

「うれしい、ありがとう」

吉野《よしの》さんは俺の手からクッキーを受け取ってパクリと食べて目を輝《かがや》かせた。

「ん。今まで食べたことなかったけど、美味《おい》しい」

「ね。俺もはじめて食べたけど、思ったより甘くない。それに軽食に丁度いいな」

「そうだよー、いつもバイト行く前に少しだけ食べるんだけど、今日は全然時間なかった。辻《つじ》尾《お》くん、話しながら食べてバイト先行こ！」

「うん」

そう言ってコンコースを歩き始めた吉野《よしの》さんの後ろを俺は歩き始めた。

吉野《よしの》さんはクッキーをぱくぱく食べながら、

「悪いけど布なんて全部同じだと思うのー。それを三年生の人たちが『去年はペラペラな布で縫《ぬ》いにくかったから、もう少し厚いのがいいな』とか言って選び始めちゃって。めんどくさあい。いいですね、いいですねってまともなコメントして疲《つか》れちゃった」

「全クラス同じ布で作るんだ？」

「そーみたい。やっぱりそこに差をつけるとぶーぶー言う人たちも多いんじゃない？　一年の時は渡《わた》された布に適当に絵を描《か》いただけだったのにねぇ」

「一年の時から吉野《よしの》さんしっかりしてたよね」

一年生の時から吉野《よしの》さんは『頭がいい美人さんがいる』と評判だった。

それこそ体育祭の時に「どの子だろう」と気にして見たりしていたけど……その子が今、俺の横でこんなに素敵《すてき》に微笑《ほほえ》んでいる。

吉野《よしの》さんは食べ終わったクッキーの袋《ふくろ》をポケットに入れて、

「ごちそうさま。クッキー美味《おい》しかった！　それでね一番話したかったこと。実行委員、一緒《いっしょ》になってくれてすごく嬉《うれ》しかった」

「いや、秘密だけど……親友、だろ？　吉野《よしの》さん忙《いそが》しいから俺も何かしようかなと思って」

吉野《よしの》さんはその言葉を聞いて目を細めた。

「嬉《うれ》しい〜。今回の体育祭、お母さん来賓《らいひん》で見に来るみたいだから、もう逃《に》げ道《みち》ゼロ。絶対に実行委員やらなきゃダメって空気で、仕方ないかなあと思ってたけど、辻尾《つじお》くんが立候補してくれて、すごくすごく、本当に嬉《うれ》しかったよー。ごめんね、無理してない？　忙《いそが》しいのに」

俺はそんなの……と思う。

「……吉野《よしの》さんのほうが忙《いそが》しいのに」

「私は仕方ないよ。辻尾《つじお》くんにお母さんの話聞かせちゃったから無理させたかなって、それがすごく気になってて。今までそんなこと誰《だれ》にも話したことなかったから心配だったの。それをね、顔を見て話したかったんだ」

吉野《よしの》さんはピョンと俺の前に立って、顔を見た。

本当に穴があくようにまじまじと、確かめるように。

今日の吉野《よしの》さんは眉毛《まゆげ》もベージュに塗《ぬ》られている。今日はカラコンを入れているのか青色の目に薄《うす》いピンクのアイシャドーが可愛《かわい》い。ピンク色のグロスが塗《ぬ》られた唇《くちびる》が開いて、

「……うん。嘘《うそ》じゃないみたい。良かったー。えへへ。私ね、嫌《きら》われるのが怖《こわ》くて、失望されるのが怖《こわ》くて仕方ないんだなあ。だからやっぱり何も言わないほうが良かったかなとか、余計なこと言いすぎたかなって、気を遣《つか》わせちゃったかな、辻尾《つじお》くん目立ちたくないって言ってたのに悪いことさせちゃったかな、嫌《きら》われちゃうかなって……」

「そんなことないよ。全然ない」

自分でもびっくりするような声でしっかりと、まっすぐに吉野《よしの》さんを見て言い切った。

吉野《よしの》さんがポカンとしているので、俺は慌《あわ》てて続ける。

突然《とつぜん》言い切りすぎたか。慌《あわ》てて言葉を探す。

「いや、今まで目立つことなんてしたくない、他の誰《だれ》かがやる、俺がする必要なんてない、やりたいヤツがやればいい。そう思ってた。でも吉野《よしの》さんがいるなら、そういうのもいいかなと思ったんだ」

「……ありがとう。えへへ、もお……また泣けてきちゃったよ。辻尾《つじお》くん優《やさ》しすぎるよ……」

「いや、吉野《よしの》さん大変すぎだよ。それに実行委員になったら、学校で話してても変じゃないし」

「うん！　そう思う。同じ実行委員だもんね！」

そう言って吉野《よしの》さんは目元を押さえた。指先にキラキラとしたアイシャドーが付いている。

俺は慌《あわ》てて無数に持っているキャバクラのティッシュをポケットから取り出して渡《わた》した。

吉野《よしの》さんは「えへへ。良かった、安心した」とそれで目元を拭《ふ》いて、再び歩き始めた。

また泣けて……？　どこかでこっそり泣いているのだろうか……少しそう思う。

学校でずっと優等生して、それで認められてきたから、素の自分は受け入れられないと思ってるのかな。そんなの、全然ない。なんならこっちのが好み……それを言おうとしたけど、正直学校の吉野《よしの》さん……今日指先を触《ふ》れさせてきた時のいたずらっこのような表情も、ものすごく良かった。

だからそんなの気にしなくて良いのに。

俺と吉野《よしの》さんはふたりで夜の街に向かって歩き出した。


「陽都《あきと》、体育祭の実行委員に立候補したって、中園《なかぞの》くんのママに聞いたわよ」

「げ。なんでそんなに情報早いの？」

「中園《なかぞの》くんのママ、今年もＰＴＡ役員だから情報通なのよ。それにママ友だもの。毎日ＬＩＮＥでお話ししてるのよ」

「なるほど、これが筒抜《つつぬ》けの恐怖《きょうふ》……」

「何？」

「ううん、なんでもない」

朝食を食べに下りていったら、俺が実行委員に立候補したことを母さんが知っていた。

実行委員はわりと体育祭本番で表に立つことも多く、見に来られるとイヤだったから、言うつもりはなかったのに。これが吉野《よしの》さんがいう『筒抜《つつぬ》けの恐怖《きょうふ》』ってやつだ。

これだけでもイヤなのに、吉野《よしの》さんはもっと見張られてるんだろうな、それを意識して生活してるんだろうなあ……と思ってしまう。

母さんはバナナにヨーグルトをかけたものを出しながら、

「やっと青春する気になってくれた？　高校生の時間ってものすごく貴重だから陽都《あきと》には部活も実行委員も、全部楽しんでほしいと思ってるの」

「……いや、まあ」

動機は恐《おそ》ろしく不純だけど、実行委員になる気になった。

吉野《よしの》さんが野球部マネージャーになったら、野球部に入って、坊主《ぼうず》になって白球を追いかけてしまうかもしれない。自分がわりと怖《こわ》い……。

母さんは自分用のコーヒーをテーブルの上に置いてため息をついた。

「それなのに母さんったら、いつまでも陽都《あきと》を働かせて……。あそこらへん本当に危ないから、必要なお金が欲《ほ》しいならあげるからバイトなんて辞《や》めなさい」

「いや、俺は好きでバイトしてるんだよ。危ないかもしれないけど、あそこの店長とか、品川《しながわ》さんとか、全部好きなんだよ」

「楽しいのは当然よ。刺激《しげき》が強いから楽しく感じるの。年齢《ねんれい》にあった刺激《しげき》が人生にはあるの。責任も取らないで劇薬ばかり与《あた》えて良い気なものよね。とにかく学校に集中したほうがいいわ、将来絶対後悔《こうかい》するんだからね。あとで後悔《こうかい》したって遅《おそ》いんだから」

俺は「はいはい」と適当に答えてヨーグルトを食べて家を出た。

あのばあちゃんに育てられて、どうしてこうなるのか正直わからない。

求めるのは自分が追い求める『普通《ふつう》』ばかり。俺がなにを言っても『将来後悔《こうかい》するんだから』。

世に言う毒親とかじゃないと思うけど、ハマることができない隙間《すきま》に無理矢理ハメ込まれるパズルの一ピースになったようで居心地《いごこち》が悪い。

# 第4話　はじまった体育祭の準備

体育祭の準備が始まった。

「2メートル×2メートル……で、このペンで線を引けば良いんですか？」

「縦の長さがほぼ2メートルなので、横だけ測って線引いて、切っていけばいいと思います」

俺が長い定規を抱《かか》えていると、吉野《よしの》さんは丁寧《ていねい》に説明してくれた。

今日は昨日買ってきた布をクラスに渡《わた》すために切る作業だ。

「よっしゃー！　そっちの机全部片付けちゃって布をベロ――――んって床《ゆか》に引いてやらない？」

栗色《くりいろ》のロングヘアーで、目がくりくりと大きく、制服を可愛《かわい》く変えて着こなしている女の子がピョンと跳《は》ねた。

この子は四月からうちの高校に入ってきた一年生、森穂華《もりほのか》さんだ。

うちの学校には芸能コースがあり、そこにはスポーツや芸能で仕事をしている子たちが多く所属している。ここのクラスの子は毛染めをしたり、制服を派手に変えている子が多く、華《はな》がある。穂華《ほのか》さんも芸能事務所に所属しているアイドルらしい。

一年生は実行委員をしなくても良いが、立候補して参加可能らしく、さっきから誰《だれ》より楽しそうにしている。

はしゃぐ穂華《ほのか》さんを吉野《よしの》さんが静かに窘《たしな》める。

「穂華《ほのか》。それだと布に汚《よご》れがつくから、机を教室中に広げて、そこで切った方がよいと思うわ」

「なるほろ、さすが紗良《さら》っち。天才！」

「わかりましたから、はい、作業しましょうね」

どうやらふたりは昔からの知り合いらしく、昔から姉とアホな妹のような関係性だと穂華《ほのか》さんが自分で言っていた。姉とアホな妹……そう言いたくなるのもよくわかる景色だ。

「机並べてその上に、布びろ〜んってしようよ」

「やりたいなら穂華《ほのか》が率先《そっせん》して机運びなさい」

「そしたらこの布を手放さなきゃダメじゃん?!　そしたら最後の筒《つつ》が無くなっちゃうー」

「そんなの誰《だれ》も取らないわ」

最後の筒《つつ》。あれか、布を最後まで使うと出てくる芯《しん》の部分か。中学校の時も家庭科の授業で最後に出た芯《しん》の争奪戦《そうだつ》があったな。思い出して苦笑《くしょう》してると、目の前で栗色《くりいろ》の髪《かみ》の毛《け》が揺《ゆ》れた。

「君も筒《つつ》を狙《ねら》ったことがある種族？」

目の前に穂華《ほのか》さんがいた。まん丸な大きな瞳《ひとみ》と、長いまつげ。間違《まちが》いなく華《はな》がある子だ。でも脳のどこかで「あ、全然吉野《よしの》さんのが好みです」と思ってしまう俺。吉野《よしの》さんは奥に秘めた強さと、ほんの少しお嬢《じょう》さまっぽい空気があって、そこがすごく良《い》い。この子は根っこにパ〜

のだろう。

ッと花が咲《さ》いている感じだ。でもアイドルするなら、これくらい根明《ねあか》でないとやっていけない

俺は穂華《ほのか》さんを前に冷静に口を開いた。

「いえ、筒《つつ》は要《い》らないけど中学の時にそれでチャンバラしてた人が居たなと思って」

「そうなの！　こう、シャキ――――ンッって」

そういって穂華《ほのか》さんはまだ布が巻き付いた状態の筒《つつ》を持ち上げた。

しかしそれは予想より重く、筒《つつ》がグラリとなり、机の上に大きな音を立てて落ちた。その結果、机に置いてあったハサミや定規が派手な音を立てて床《ゆか》に落ちて広がる。穂華《ほのか》さんは「いたーい！」と叫《さけ》び腕《うで》をぶんぶんと振《ふ》って、

「予想より重い～、筒《つつ》で手を挟《はさ》んじゃったよー、痛い～～」

と嘆《なげ》いた。委員会準備室にいた男たちは慌《あわ》てて「保健室にいこう」「冷やしたほうがいいよ」「怪我《けが》してたら大変だ」と穂華《ほのか》さんを連れて出て行った。

芸能コースの子と話すタイミングを待ってる普通《ふつう》科の男は多い。

大騒《おおさわ》ぎしていた穂華《ほのか》さんが出て行き一気に静かになった委員会準備室。

俺は机から落ちたものを拾っている吉野《よしの》さんに近付いて、

「……怪我《けが》しましたか？」

と声をかけた。机の下に丸まって色々な物を拾っていた吉野《よしの》さんは、俺の言葉を聞いて顔を

上げた。

実はさっき、机から落ちた定規を掴《つか》んだ吉野《よしの》さんが一瞬《いっしゅん》だけ痛そうな表情を見せたんだ。

その定規すごく古くて尖《とが》っていたから、もしかして怪我《けが》したかなと思ったんだ。

吉野《よしの》さんは机の下で膝《ひざ》を抱《かか》えた状態で、おず……と俺のほうを見て、

「少しだけ切ってしまいました」

と小指を見せた。血は出ていなかったけど、うっすらと指先が切れていた。

この状態なら……と俺は胸ポケットに入っていたバンドエイドを取りだして見せた。

それを見て吉野《よしの》さんは、

「……はらぺこあおむし」

と小さな声で言った。そうなんだよな。でもこれしか持ってない。

俺は吉野《よしの》さんに少しだけ身体《からだ》を近づけて、

「(ミナミさんに大昔貰《もら》ったんだけど、恥《は》ずかしくて使ってなかった。要《い》らないし、使って)」

「(……ありがとう)」

吉野《よしの》さんはそれを聞いてくしゃりと眉毛《まゆげ》を下げて笑顔《えがお》になった。

俺はバンドエイドの外側の紙を剝《は》いだ。長く制服のポケットに入れたままだったので、外側の紙を開くとパリパリと軽い音がした。吉野《よしの》さんは怪我《けが》した小指をピンと立てて俺に見せた。

俺はゆっくりとバンドエイドを、折れてしまいそうなほど細い指先に巻き付けた。吉野《よしの》さんは

はらぺこあおむしのバンドエイドが巻き付いた指先を俺の方に見せて、

「（……かわいい）」

と微笑《ほほえ》んだ。その笑顔《えがお》に心臓が掴《つか》まれたようにギュッと痛くなる。かわいいのは吉野《よしの》さんだ。

……いつから胸ポケットに入れてあったのか分からないはらぺこあおむしが役にたった。「男子は可愛《かわい》いバンドエイド持っててナンボ！　可愛《かわい》いバンドエイドは紙幣《しへい》！」と渡《わた》された気がする。なんじゃそれはと思ったけど使えた。また今度お礼ポテトしよう。

「これでここに入ってた写真は全部入れられたかなと思います」

「すごい辻尾《つじお》くん、こんなに残ってたんだね」

内田《うちだ》先生はファイルを見て目を輝《かがや》かせた。

今日は五時間授業なので、授業が終わり次第《しだい》、放課後も委員会準備室で作業をしている。

パソコンの中を整頓《せいとん》すると、今まで作った旗の写真が何枚も出てきた。去年は「この布で好きに作って」とだけ言われただけで、先輩《せんぱい》たちが作っているのを盗《ぬす》み見《み》てなんとか作った。今年の一年生に同じ苦労をさせることもないので、残っていた写真を冊子にまとめてみた。作業工程の写真も数枚あったので、それも入れた。内田《うちだ》先生はそれを見ながら、

「パワポなんだ。簡単に追加できるね！」

「もうすぐ学活でアイデア出ししますよね。簡単にスライドショーにできて、来年も追加しや

すいようにしました」

「助かる〜！」

内田《うちだ》先生と話していると、モニターと机の隙間《すきま》に栗色《くりいろ》の髪《かみ》の毛《け》が見えた。

「お兄さん、こんにちは」

穂華《ほのか》さんだった。頭の一部だけ縛《しば》られているアホ毛のような髪《かみ》の毛《け》をピョコンと揺《ゆ》らし、

「お昼は色々騒《さわ》がしくしてごめんね〜。ちょっと楽しくなっちゃったの」

「手は大丈夫《だいじょうぶ》だったの？」

「ちょっと挟《はさ》んだだけだよー。てかパソコン詳《くわ》しいの？」

「普通《ふつう》だと思うけど」

「私も配信してるから凝《こ》った動画アップしたいけど、編集が難しくて無理すぎる」

「事務所はやってくれないんだ」

中園《なかぞの》は頭が悪すぎて「プロゲーマーになって芸能コースに入れないかなー」と調べていたけど、最低何時間か仕事をしてる必要があるらしく、入試資格が得られなかったと言っていた。

芸能コースに所属している穂華《ほのか》さんは、それくらいは仕事をしている（売れている）ということだからそういうのは全部スタッフが作ってくれるんだと勝手に思っていた。

穂華《ほのか》さんは長い髪《かみ》の毛《け》をぶんぶん振《ふ》り回《まわ》して、

「全然！　所属してる子の数が多すぎて、全然宣伝してくれないし、仕事もないの。あっ、今

度配信に来てね、紗良っちはたまに見に来てくれてるんだよー。ね、紗良っち〜！」

そういって少し離れた場所にいた吉野さんに声をかけた。吉野さんは少し頷いてこっちに歩いてきた。

「そうね、頑張《がんば》ってるもんね」

「アイドルも学校も楽しまないと損だもん！　営業営業〜！」

そう言って穂華《ほのか》さんはみんながワイワイしている中心に向かった。なんという気持ちがよいほどのアイドル。

俺が作ったパワポを見ていた内田《うちだ》先生が顔を上げて、

「……あれだ。三年くらい前に作った、すごいヤツの写真がないわ」

「どういうのですか？」

「刺繍《ししゅう》で作ってあるのよ。あれ参考になると思う。中に写真入ってない？」

言われてパソコンの中を検索《けんさく》したけれど、もう写真データは入ってなかった。内田《うちだ》先生は、パチンと両手を叩《たた》いて、

「専門棟《とう》の屋上倉庫だ。あそこに最優秀賞《さいゆうしゅうしょう》の旗はまとめて入れてるから、箱ごと持って来て写真撮《と》ってくれない？　あー……でもそっか、あそこ」

そう言って内田《うちだ》先生は吉野《よしの》さんに一歩近づき、

「(悪い奴《やつ》らが勝手に出入りするから電子ロックかかってるの。パスワードは４５４６。仕事

しろ)。吉野《よしの》さんなら安心安全、よろしくね!」

パスワードが仕事しろ……教師業界の闇《やみ》が見える……。

専門棟《とう》は校舎の一番奥にある。旧理科室や部活用の部屋があるんだけど、建物がとにかくボロくてもう使ってない部屋も多い。取《と》り壊《こわ》し目前って聞いたことあるけれど……。

吉野《よしの》さんは正しい笑顔《えがお》で微笑《ほほえ》み、

「わかりました。辻尾《つじお》くん、運ぶの手伝ってもらっても良いですか?」

「!!」

俺はその言葉に無言でコクンと頷《うなず》いた。電子ロックがかかっている場所にふたりでいく。その言葉だけで口元がニヤニヤしてしまうけど、なんとか唇《くちびる》を噛《か》んで誤魔化《ごまか》す。

「じゃあ、いきましょうか」

「はい」

誘《さそ》われてふたりで騒《さわ》がしい委員会準備室を抜《ぬ》け出《だ》す。誰《だれ》もいない廊下《ろうか》はシンと静まりかえっていて横を見ると吉野《よしの》さんが優《やさ》しく甘く微笑《ほほえ》んだ。それは秘密の合図で、もうそれだけで心臓がドクンと跳《は》ねた。

夕日が差し込む校舎内を無言で歩く。最初はゆっくり歩いていたのに、思わず飛《と》び跳《は》ねてしまいそうな軽い足をなんとか落ち着かせて駆《か》け足《あし》になりながら、ふたりで並んで。

横を見ると、吉野《よしの》さんも俺をチラリと見て目を細めた。ダメだ、すげー嬉《うれ》しい。

専門棟《とう》の奥に到着《とうちゃく》した。そこに扉《とびら》があり非常階段に出られる。ここが恋人《こいびと》たちの秘密の場所になってるのは知っていた。でもその上に更《さら》に行けることは知らなかった。金属でできている非常階段を上がるとカンカンと軽い音がして、それだけで楽しくなってきてしまう。俺の前を歩く吉野《よしの》さんのスカートがふわりと舞《ま》い、非常階段の下からは運動部のかけ声が響《ひび》いてくる。

最上階まで来ると金属の扉《とびら》があり、ドアノブに電子ロックがあった。吉野《よしの》さんがそこにパスワードを入れるとガチャンと大きな音が響《ひび》き、それが開いた。

ふわりと生ぬるい風が吹《ふ》いて顔を上げて、驚愕《きょうがく》した。

「プール?!　吉野《よしの》さん、プールだよ?!」

電子ロックを解除した屋上には、プールがあった。古びていて苔《こけ》と落ち葉だらけ。かけてあったビニールシートは風でめくれて縁《ふち》に寄っている。プールサイドのコンクリートはひび割れていて、そこに無数の室外機が並んでいてカラカラと乾《かわ》いた音を響《ひび》かせている。干《ひ》からびたプランターや、巨大《きょだい》な板などが転がっていて殺風景だ。更衣《こうい》室がどうやら倉庫として活用されているようで、使っていない段ボールが投げ出されていた。

吉野《よしの》さんはそれを見て、

「本当にあったのね。これマップアプリで見ると載《の》ってるの。ほら」

そういってポケットからスマホを取りだした。うちの学校を屋上から撮影《さつえい》した写真を見るとブルーシートが張られた長方形の何かが見えた。吉野《よしの》さんはスマホをポケットに入れて、

「先生に聞いたんだけど、専門棟《とう》がこの学校最初の建物なんですって。元々小学校で、屋上にプールもあったんだけど老朽化《ろうきゅう》で水漏《みずも》れして使わなくなったって聞いたわ」

「へぇえ……小学生用のプール。だから、うわ、浅い！」

俺は迷わずカラカラに乾《かわ》いた古いプールに飛び込んだ。水が入ってないプールなんてメチャクチャ興奮するんだけど！　ここ中園《なかぞの》とか知ったら水遊びとかスゲーしそう。……だから鉄の扉《とびら》に電子ロックがかかってるんだな、わかる。吉野《よしの》さんは優等生だから、ここで悪さなんてしないと先生が信じてるからパスワードを教えてもらえたわけで……。

横を見ると吉野《よしの》さんはプールのへりに座って人差し指を唇《くちびる》の前に持って来てピンと立て、

「……えへへ、学校でふたりっきり。優等生で得しちゃった」

と蕩《とろ》けるような気が抜《ぬ》けた笑顔《えがお》を見せた。でもその服装も表情も優等生の吉野《よしの》さんで、そのギャップに頭がクラクラするほど興奮した。すげぇかわいい、どうしよう。

嬉《うれ》しいけど、女の子と屋上でふたりっきり。俺はこんな特殊《とくしゅ》なシチュエーションで何を話せば良いのか分からず、一瞬《いっしゅん》で緊張《きんちょう》してしまう。どうしよう落ち着かない。とりあえず盛り上がる鉄板ネタで行こう。俺はプールのスタートラインの所まで歩いて移動して、バッタンバッタンとバタフライの真似《まね》をした。

「はい、みんな！　俺についてきて、はい!!」

「鈴木《すずき》先生のバタフライ！」

「はい、みんな、俺みたいにね!!」

「バッチャンバッチャンしてるのに全然進んでないのよね」

そう言って吉野《よしの》さんは座っていたプールサイドからヒラリと飛び降りた。スカートがふわりと舞《ま》ってプール内に着地。そして乱れた髪《かみ》の毛《け》を耳にかけて「えへへ」と顔を上げて、俺の方に近付いてきた。

「鈴木《すずき》先生、平泳ぎでずっと横を付いてこない?」

それを聞いて俺も吉野《よしの》さんの横を、平泳ぎの手をしながら歩き始めた。

「するする。こんな風に」

「ずっと横向いて泳いでるのすごいなって思ってる」

俺と吉野《よしの》さんは平泳ぎの動きをしながら、笑いながら平行して歩いた。

「横みると目が合うから怖《こわ》いよな」

「そう、わかる」

「同じ速度で横泳いで来るから俺進んでないんじゃね?　って思って何度か二度見した」

「やだ辻尾《つじお》くん、面白《おもしろ》い。涙《なみだ》出ちゃう」

そう言って吉野《よしの》さんは目元を指先で押さえた。強い風が吹《ふ》いて吉野《よしの》さんの黒い髪《かみ》の毛《け》を揺《ゆ》らす。細められた瞳《ひとみ》、風で揺《ゆ》れるスカートを押さえる細い指先も、全部全部、すごく綺麗《きれい》だ。

25メートル歩ききって、プールから上がることにした。子ども用のプールとはいえ、深さはそれなりにある。俺は制服がパンツなので「よっこらしょ」で上がれるけれど、吉野《よしの》さんはスカートだ。俺はプールサイドにあるハシゴまで一緒《いっしょ》に歩いた。そして俺が先に上がり、吉野《よしの》さんが上がってくるのを見守った。吉野《よしの》さんは、俺のほうを見て、

「水が入ってないプールに入ったのなんて、はじめて」

「そんなの俺もだよ。ここヤバい。すげー楽しい」

と言って振《ふ》り向《む》くと、その瞬間《しゅんかん》、すべてを吹《ふ》き飛《と》ばすような強い風が吹《ふ》いた。吉野《よしの》さんは風で暴れるスカートのポケットからゴム紐《ひも》を出して口に咥《くわ》え、

「楽しいけど、風が強すぎるわ」

そして風で暴れて乱れた二つの緩《ゆる》い三つ編みを解いて高い場所でひとつに器用にまとめて、咥《くわ》えたゴムで縛《しば》り上《あ》げた。長い首が見えて、制服のスカートが舞《ま》う。

「誰《だれ》にも知られず、自分になれる場所があるなんてステキ。それが辻尾《つじお》くんとの秘密だなんて、もっと嬉《うれ》しい」

そういって吉野《よしの》さんはふにゃりと全身で安心するような笑顔《えがお》を見せた。下がった目尻《めじり》、細められた瞳《ひとみ》と、その全てにドキドキして心臓が痛い。

そして俺たちは倉庫として使っているという更衣《こうい》室に入った。ロッカー部分が物入れになっていて、床《ゆか》にも無数の段ボールが積んであった。その中を捜索《そうさく》してなんとか最優秀賞《さいゆうしゅうしょう》の旗がまとめられている箱を見つけ出して秘密の場所を後にした。扉《とびら》を閉めると『ガッチャン』と大

きな音が響《ひび》き、吉野《よしの》さんは俺のほうを見た。

「また来ましょう」

その言葉に俺は無言でコクコクと頷《うなず》いた。

非常階段を下りていくと後ろから吉野《よしの》さんが、

「そういえば話そうと思って忘れてた。昨日の夜も『お前だろ！』って追いかけられたの」

「え。マジで？　大丈夫《だいじょうぶ》だった？」

俺は立ち止まって振り向《む》いた。吉野《よしの》さんは不安そうに俯《うつむ》いて、

「なんか最近多いよ。走って逃《に》げたけど……」

「今日終わるの何時？　終わりも一緒《いっしょ》なら駅まで送る」

「二十一時」

「同じだ。じゃあ店の近くで待ってる」

俺がそう言うと吉野《よしの》さんは小さく頷《うなず》いた。あの町、夜は特に危ないから送れるなら、いつだって送りたい。

非常階段から廊下《ろうか》に入ると、キュキュッと音がした。驚《おどろ》いて吉野《よしの》さんが立ち止まり、上履《うわば》きの裏を見る。でも何かついてるわけじゃなくて……。俺も同じように足を動かしてみると、キュキュッと特殊《とくしゅ》な音がする。よく見てみると屋上プールで、俺も吉野《よしの》さんも少し上履《うわば》きが濡《ぬ》れたようだ。吉野《よしの》さんは俺のほうを見て両肩《りょうかた》を小さく上げて、

「(濡《ぬ》れちゃった)」

「(……まあ、すぐ乾《かわ》くっしょ)」

その言い方にドキドキしながら、俺と吉野《よしの》さんは上履《うわば》きをキュイキュイ言わせながら廊下《ろうか》を歩いた。やべー、興奮する。実行委員楽しすぎるだろ。

# 第5話　謎が解けた

「陽都《あきと》、おはよう！　もう四つ入ってるから、配達よろしくね」

「了解《りょうかい》です」

俺は店長に挨拶《あいさつ》して控《ひか》え室《しつ》に入った。

さっきからずっと学校でのことを思い出してニヤニヤしてしまう。

吉野《よしの》さんは廊下《ろうか》を走らない。

まっすぐに背中を伸《の》ばして歩いて、会った先生に身体《からだ》を折り曲げて挨拶《あいさつ》するんだ。そのたびに少し濡《ぬ》れた俺たちの上履《うわば》きがキュッて高い音を立てた。先生に挨拶《あいさつ》を終えてふたりで目を合わせて笑ってキュッキュと音を鳴らしながら廊下《ろうか》を歩いたんだ。……すげー楽しかった。

着替《きが》えて控《ひか》え室《しつ》のパソコンにログインすると、メールがきていた。

「店長ー。ダウンロードだけかけていいですかー？」

「おっけー！」

了解《りょうかい》を取り、ファイルのダウンロードだけかけることにした。

俺は配達の隙間《すきま》時間に、この周辺の風俗《ふうぞく》店のWEBサイトを更新《こうしん》したり、動画を作ったりしている。

元々パソコンに詳《くわ》しかったわけではなく、父さんが趣味《しゅみ》の登山で撮《と》ってきた写真を頼《たの》まれてプリントするだけだった。でも暗い写真を直したりするのは楽しいと思っていたので、ばあちゃんがくれた一生分のお年玉でパソコン一式と画像加工ソフトと動画編集ソフトを購入《こうにゅう》した。

そしてバイト先のメニューや、WEBサイトを作りはじめて、そこから仕事が増えていった。

最近はiPhoneで動画が撮影《さつえい》できるようになり、動画編集の依頼《いらい》が増えてきた。キャバクラの紹介《しょうかい》動画とか、ホストたちのカラオケ動画とか。俺はこの作業がわりと好きだ。

今ダウンロードかけたのは、メン地下という地下男性アイドルのライブ映像で、編集して会員サイトにアップしたいという依頼《いらい》だった。データが重いので先にダウンロードかけて、控《ひか》え室《しつ》から出てパーカーを羽織る。

「これですか？　行ってきます」

「よろしくぅー」

店長に見送られて俺は箱形のリュックを背負って裏口から出た。

昔から地図が好きでアプリのマップをよく見ていた。今まで道に迷ったことはないし、一度通った道を忘れることはない。

唐揚《からあ》げとポテトがたくさん入ったリュックを背負ったまま、俺はビルの踊《おど》り場《ば》をショートカットして表通りに出た。店の入り口は単純に表にない。隣《となり》のビルから入ると中で繋《つな》がっていたり、ひとつの住所の中に三店舗《てんぽ》あったり、普通《ふつう》のマンションで営業してる風俗《ふうぞく》店も多い。ビルが四つくらいくっ付いていて壁《かべ》がないこともあって、そんな時は違《ちが》うビルの階段から、隣《となり》のビルにジャンプしたほうが早かったりする。

知識がないと唐揚《からあ》げひとつ届けられないこの町が俺は嫌《きら》いじゃない。

「唐揚《からあ》げここに置いておきます」

「陽都《あきと》、おつかれー！」

頼《たの》まれていた配達をすべて終えると、吉野《よしの》さんがバイトしている店の近くだと気がついた。

俺は道路に停《と》まっていた車のミラーで前髪《まえがみ》を直した。

……帰り道だし？　ついでだし？　少しだけ覗《のぞ》こうかな。

俺はリュックを背負ったままビルの裏に入った。ここは完全にビルの裏側で道じゃないけど、道として機能している。表から入りにくい特殊《とくしゅ》な風俗《ふうぞく》店とか、入っているところを写真に収められたくないラブホとか、秘密の裏口がある店は多い。

カフェも、裏口はドアが全開にしてあって、中が見えたりする。裏口付近は休憩《きゅうけい》所になってることが多いから……と裏に入ると、カフェの制服を着た女の子たちがたばこを吸っているのが見えた。

なるほど、女子高校生が吸ってるのか、年齢《ねんれい》を偽《いつわ》ってるのか分からないけど、この街で年齢《ねんれい》は服装の一部なのでスルー。

吉野《よしの》さんが見えないかな……とゆっくり歩いて、背を伸《の》ばしてみたが、見えない。

外でたばこを吸っている女の子たちのスカートはえげつないほど短い。もうお尻《しり》の上しか隠《かく》れないレベル。腰《こし》から生えているヒダだ。

みんな見せパンを穿《は》いてるけど、それも白いので、エッチすぎてすごい。

だから俺は吉野《よしの》さんの店に正面きって行けない。でもやっぱり見たい。だって絶対可愛《かわい》い。

どこにいるんだろ、チラリで良《い》いから見えないかなと思いながら、裏のビルの非常階段を上った。二階もカフェだった気がする。非常階段から二階を見ていると後ろから肩《かた》を叩《たた》かれた。

「おう陽都《あきと》」

「‼ ……おつかれさまです」

肩《かた》を叩《たた》いてきたのは、非常階段の上にあるデートクラブのオーナー……西沢《にしざわ》さんだった。西《にし》沢《ざわ》さんは、ウチの店長が昔から面倒《めんどう》を見ている人で、店にもよく来る。

「配達か？」

「そうです、えっと、この店に配達を終えたところです」

俺は適当にすぐ横にあったキャバクラの裏口を指さした。

うーん。吉野《よしの》さんが見られなかったのは残念だけど、知り合いに会ってしまったし、ここで退散しようと一緒《いっしょ》に階段を下りていたら、西沢《にしざわ》さんが振《ふ》り向《む》き、

「あ、陽都《あきと》、店戻《もど》るなら、兄貴にうちの新作持ってってくれよ。世話になったから」

「え……あ、はい。持ってくのは良《い》いですけど……」

デートクラブの新作ってなんだろう？　不思議に思いながら後ろをついて行くと、西沢《にしざわ》さんは階段を下りて目の前にある吉野《よしの》さんがバイトしている店に裏口から入った。すると従業員たちが一斉《いっせい》に「おつかれさんです！」「こんばんはッス！」「こちらへどうぞ」と挨拶《あいさつ》しはじめた。

えっ、ちょっとまって、西沢《にしざわ》さん、カフェのオーナーも兼任《けんにん》してるの?!

でもこの辺りは、新参者が簡単に店を出せる地域じゃないので、オーナーが別の店長を雇《やと》って店をやってることが多い。西沢《にしざわ》さんは、

「自信作なんだよ。今作らせるから、そこで座ってて。おいお客さん！」

と俺を店内の椅子《いす》に座らせて、事務所に入っていった。

ええ……ちょっと待って。こんな偶然《ぐうぜん》ある?!　何を持たされるのか知らないけど、吉野《よしの》さんに会う前に出たい。早くしてほしいと事務所のほうを見ると、目の前に水色のセーラー服風で大きなボタンが数個並んでいて、白いスカートの制服を着た吉野《よしの》さんが立っていた。

「いらっしゃいませ、ご主人様。本日は喫茶《きっさ》のご利用でよろしいですか？」

「ふあああぁ?!」

驚《おどろ》いて悲鳴を上げる俺を見て吉野《よしの》さんは楽しそうに目を細め、少し身体《からだ》を倒《たお》して、

「オーナーから今新作を準備してるので、少し待っててもらって……と言われました」

とベージュのツインテールをふわりと揺《ゆ》らして微笑《ほほえ》んだ。お店の中は照明が明るくて、吉野《よしの》さんの白い肌《はだ》が更《さら》にキラキラと光って見える。唇《くちびる》に塗《ぬ》られた艶《つや》やかなグロスはピンク色で、も

のすごく可愛《かわい》い。お盆《ぼん》を持っている指先は黄色のネイルチップがしてあり、指がすごく長く見える。俺はあまりの可愛《かわい》さに完全に挙動不審《ふしん》になり、

「あっ、はい、えっと、あの水で大丈夫《だいじょうぶ》です」

「せっかくですから、プリンはどうですか？　ホイップクリームを私が盛りますよ？」

「‼　じゃあそれでよろしくお願いします‼」

「承《うけたまわ》りました、ご主人様」

吉野《よしの》さんはそう言って微笑《ほほえ》み、すごく短いスカートをふわふわ揺《ゆ》らして歩いていった。膝《ひざ》から下が細いのに太ももがわりと太めで、だからあの制服を着るとエッチすぎる。

うおおお、完全に偶然《ぐうぜん》だけど見られて嬉《うれ》しすぎる。

次に吉野《よしの》さんは食事を終えた席を丁寧《ていねい》に片付けて、落ちていたゴミを拾うために小さくなりテーブルの下に潜《もぐ》った。そして頭をぶつけないようにお尻《しり》からススと出てきてお客さんにぶつかりそうになり、何度も頭を下げた。すると頭に付けていたカチューシャが床《ゆか》に落ちて、それを他のメイドさんが笑いながら渡《わた》す。

ああ、真面目ゆえのドジっ子最高すぎる……。

そしてお店を出て行くお客さんに向かって、頭の上に手を乗せて指をヒラヒラさせて見送った。どうやらこのお店は、出て行く人全員をそうやって見送るのがルールらしい。小首を傾《かし》げてヒラヒラさせる吉野《よしの》さん、すげー可愛《かわい》い。

こういうお店来たことなかったけど、推《お》しがいたら見てるだけで楽しいな。横のお客さんを見たら、吉野《よしの》さんと同じ服を着た女の子がケチャップで絵を描《か》いていた。あれ有名なヤツだよね?! 他にはどういうサービスがあるんだ? 横にあったメニューを開くと、目の前にトンとプリンが置かれて、横に吉野《よしの》さんが立っていた。そしてホイップクリームの袋《ふくろ》を持ち、

「ご主人様。小盛り、中盛り、大盛りが選べますが、どうされますか?」

「えっと……」

吉野《よしの》さんがホイップ盛ってくれるなら、なるべくここに居てほしいから、

「大盛りで」

「承知しました。見っててくださいね」

そう言ってプリンの上にモモモモとホイップクリームを盛り始めた。その表情は真剣《しんけん》で唇《くちびる》が少し尖《とが》っている。こんな所でも真顔で頑張《がんば》る吉野《よしの》さんが可愛《かわい》すぎる。ゆっくりと丁寧《ていねい》にプリンの上にホイップを盛り、サクランボを置いて、チョコスプレーをパラパラとまいた。

そして小さな声で「よしっ、上手にできたっ」と言って俺のほうを見て、

「サーラ……」

「はい。サーラ特製プリンです」

「はい。この店ではサーラです」

そっか。ストーカー対策で本名NGなのか。でも紗良《さら》でサーラ……そのまますぎる……。

吉野《よしの》さんが働いてる店になんて入れないと思ったけど、サーラなら話は別だ。いや同じだけど。プリンを食べると正直普通《ふつう》のホイップクリームなのに吉野《よしの》さんが盛ってくれたと思うと百倍旨《うま》い。俺は食べて顔を上げて、

「美味《おい》しいです」

「……口元にクリームが付いてますよ？」

そう言って吉野《よしの》さんは自分の口元に細い指先でツンツンと触《ふ》れてみせた。俺は慌《あわ》てて口元を手で拭《ふ》く。ああ……楽しすぎる。もっと話をしたいと思ったら、目の前の席にドリンクカップをふたつ持った西沢《にしざわ》さんが来た。そして吉野《よしの》さんを見て、

「サーラがプリン出してくれたんか。丁度ええわ。ほなこれ、店長に持ってって。これは陽都《あきと》に。飲んでや」

「あっ、はい、ではいただきます……おわ――――、ちょっとうえっ、辛《から》っ！　え、甘い……えっ、いや辛《から》い！」

「あはは！　陽都《あきと》天才の反応や」

「えっ、痛い……いやこれ西沢《にしざわ》さん、痛いですよ?!」

西沢《にしざわ》さんが持って来たドリンクは、一口飲むとものすごく辛《から》いのに、すぐにジュワリと甘くなり、でもすぐに舌が痛くなる妙《みょう》な飲み物だった。うちの店長はスパイスが好きで、世界中の妙《みょう》なものを知ってるからその一環《いっかん》なのか？　えっ、痛い！　西沢《にしざわ》さんは笑いながら、

「そこでプリンを食べると」

「あ、めっちゃ旨《うま》いっす」

「そして飲めや」

「うわ、辛《から》い、えっ、甘い？　え、丁度いい？」

俺の反応を見て、吉野《よしの》さんも口を押さえてケラケラと笑っている。ベージュのツインテールがふわふわと揺《ゆ》れてメチャクチャ可愛《かわい》い……てか舌が痛いんだけど?!

もっと吉野《よしの》さんと話していたいけど、ポケットの中でスマホが揺《ゆ》れている。次の配達が決まって店長が待っているんだろう。俺は頼《たの》まれたものを配達リュックに入れて裏口に向かう。すると吉野《よしの》さんだけが俺に向かって頭の上で両手をヒラヒラさせるポーズで見送って、その後まわりに誰《だれ》もいないことを確認《かくにん》して、頭の上でピースをした。ああ……名残惜《なごりお》しい。

店を出ると、西沢《にしざわ》さんの所に男性が走ってきて、

「あっちの店でトラブルです」

と声をかけにきた。西沢《にしざわ》さんは「じゃあ兄貴によろしゅう」と言ってカフェを出て、再びデートクラブのほうに戻《もど》っていった。

デートクラブはトラブルが多いから大変だよな……そう思って俺は立ち止まった。

デートクラブと、カフェのオーナーが同じ……。

浮《うわ》ついた気持ちが落ち着いて冷静になっていく。

いや、そんなこと……あるかも知れないな。

俺はピンときて、裏道を大急ぎで走って店に戻《もど》った。

直感が叫《さけ》んでいる。

よく聞く話だ。というか、オーナーが同じ店ならやりかねない。むしろ常套《じょうとう》手段と言える。

俺は遅《おく》れた理由として妙《みょう》なドリンクを店長に渡《わた》してすぐにパソコンを立ち上げてデートクラブのサイトを確認《かくにん》すると、

「……やっぱりだ——」

俺は椅子《いす》にひっくり返った。そこには吉野《よしの》さんの写真がそのまま掲載《けいさい》されていた。

ベージュのふわふわヘアーにゴールドのアイシャドー。これはまさに、絡《から》まれていた時の吉《よし》野《の》さんだ。他にも何十枚も『在籍者《ざいせきしゃ》』の写真がアップされてるけど、この子も、あの子も、さっき店内に居た。これは女子高校生カフェで働いてる子の写真を、デートクラブに無断転載《てんさい》してるんだ。居ない子の写真を、客寄せに使う……空籍《サクラ》ってやつで、この写真を見たデートクラブの客が、吉野《よしの》さんを詐欺《さぎ》だって叫《さけ》んでたんだ。

たぶんこの店で吉野《よしの》さんの写真を見て指名すると、吉野《よしの》さんと同じベージュの髪型《かみがた》をした別人が出てきて、その子がぼったくりに連れて行っている。

謎《なぞ》が解けた。

俺はバイトを終えて吉野《よしの》さんのカフェに向かった。店の外……少し離《はな》れたコンビニ前に吉野《よしの》さんが立っていた。さっき店で見たベージュの髪《かみ》の毛《け》に、真っ黒なワンピースを着ていて、ハイヒールを履《は》いている。そして俺を見て、

「ご主人様、ご来店ありがとうございました」

と微笑《ほほえ》んだ。くうう可愛《かわい》い、話がしたい、でもその前に。俺はスマホを取り出した。

「吉野《よしの》さん。これ、吉野《よしの》さんだよね」

「……え？　なになに？　え、うん。これどこに載《の》ってる写真？　そうだよ、私」

「これ、デートクラブのサイトなんだ。西沢《にしざわ》さんはあのカフェとデートクラブ、両方でオーナーしてて、カフェの子の写真をデートクラブにそのまま転用してる」

「えっ?!　なにそれ、えっ?!」

吉野《よしの》さんは俺のスマホを持って、写真を拡大して見ている。俺は続ける。

「そしてこの店はデートしたあとに、ぼったくりに連れて行ってる。だから吉野《よしの》さんが絡《から》まれたんだよ」

「え――っ?!」

「他の子もカフェの子だよね」

「そう、この子も、この子もそうだよ」

「連絡《れんらく》取れる？　店に一回戻《もど》ったほうがいい」

「え――っ、ちょっとまってね、やだ、そういうことだったの?!」

吉野《よしの》さんは慌《あわ》てて電話をかけて、何人かに声をかけた。そして急いで店に戻《もど》った。

店まで徒歩数分、みんなまだ帰る途中《とちゅう》だったのか、話の内容を聞いてすぐに女の子たちが閉店処理をしている店に戻《もど》ってきた。そしてスマホの画面を見て口々に叫《さけ》ぶ。

「ちょっと！　私の写真こんなところで使わないでよ！」

「デートクラブって何？」

「聞いてないんだけど！」

店の中で叫《さけ》んでいると奥から西沢《にしざわ》さんが出てきた。でも全く悪びれない顔で、

「いやいや、そっくりさんなだけだよ。ほら、ミホちゃんの顔のホクロがないでしょ？」

「そんなの加工で取っただけじゃん。こんなの私だってすぐに分かるからやめて！　ていうか親バレするから写真アップしないでって言ってたのに」

「そんなこと契約書《けいやく》に書いてなかったよ。ちゃんと読んだかな？」

「ちょっとマジでムカつくんだけど！」

「だったら辞《や》めてもらっても構わないよ？」

「どういうこと?!」

女の子たちがみんな叫《さけ》んでいるが、西沢《にしざわ》さんは話を全く聞かない。むしろ立場を逆手にとって上から目線だ。正直これは想定内だ。女の子たちが何を言っても百戦錬磨《ひゃくせんれんま》の西沢《にしざわ》さんは動じない。俺は店の外でそれを見守った。

数分後……西沢《にしざわ》さんのスマホが鳴り、それに出ると顔色が変わった。

そしてバツが悪そうに頭をかいて、電話を切った。

「あれ～？　今気が付いたけど、間違《まち》えて使ってたみたいだな～。おい！」

西沢《にしざわ》さんが指示を入れると、数分後に女の子の写真が削除《さくじょ》された。女の子たちはそれを何度も確認《かくにん》して、西沢《にしざわ》さんの背中をバシバシと殴《なぐ》った。

実は西沢《にしざわ》さんは昔バカをやったときにうちの店長が助けてて、一生頭が上がらないと知っていた。だからさっきバイト先で「俺が出たら西沢《にしざわ》さんに電話してくれませんか。知り合いが勝手に写真使われて困ってるんです」と店長にお願いしておいたのだ。

たぶん女の子たちがいる目の前で、同時に叩《たた》かないと逃《に》げ切《き》られる……そう思った。

結局西沢《にしざわ》さんはその場で掲載料《けいさい》として一万円を高校生たちに払《はら》った。


「辻尾《つじお》くん、すごい！　本当に助かった、知らなかったよ――、危なかった――」

写真消去を確認《かくにん》して、吉野《よしの》さんは俺の所に走ってきた。

「これで帰り道に絡《から》まれないと思う。良かった」

同じような服装の子は多いし、一回偶然絡《ぐうぜんから》まれるならよくある話だけど、何度も絡《から》まれるのはさすがに違《ちが》うだろう……と思ってた。吉野《よしの》さんはむうと口を膨《ふく》らませて、

「写真が掲載《けいさい》されてるなんて知らなかったよー。だからあんな風に言われてたのかー!!」

と怒《おこ》った。よくある事例だし、系列店のサイトも全部確認《かくにん》したほうが良《い》いと思ったけれども
う二十二時をすぎている。
女の子たちもオーナーも、うちの店長もいるこのタイミングしかないと思って動いたけど、
時間がかかりすぎた。明日も普通《ふつう》に学校だし、ヤバすぎる。母さんからも鬼《おに》のように電話がか
かってきてて、ＬＩＮＥで簡単に事情説明したけどさっきからガチ切れしてて通知がエグい。
とにかく早く帰ろう。俺たちは駅に向かって小走りで移動をはじめた。
吉野《よしの》さんはベージュのツインテールをふわふわ揺《ゆ》らしながらスキップしてくるりと回り、
「お店に来たのは潜入捜査《せんにゅうそうさ》だったんですか？　辻尾刑事《つじおけいじ》」
「いやいや、ちょっと待って。それを説明させて。西沢《にしざわ》さんに偶然《ぐうぜん》見つかって、運ぶのを頼《たの》ま
れたんだよ」
吉野《よしの》さんは俺の前で立ち止まって、
「どう？　可愛《かわい》かった？　私あの店の制服、わりと好きだから、恥《は》ずかしいけど、ちょっと見
てほしかったんだ」
「え……いや、もう、マジであの、最高に可愛《かわい》くて、お店は楽しかったです」
「えへへ。良かったあ。クリームもりもり、自信あるの！　事件も解決して、お金もらっちゃ
った、一万円」
「いやいや、迷惑料《めいわく》として安すぎるよ。あのままだったらもっと絡《から》まれてた可能性が高いよ。

勝手に写真使われて、二回も追いかけられてさ」

「こんな目にあってなんだけど、この店、時給1800円で本当に高いから、続けたいの。これで充分《じゅうぶん》。帰ろう！　駅までだけどたくさん話したい！」

そう言って吉野《よしの》さんは軽くスキップしてくるりと回転して俺の前に着地した。

ベージュのツインテールがふわりと広がって細い首が見えた。

……あの店でバイト続けるんだ。他のもう少しまともな店に……うちとか……と思ったけど、うちの時給は1100円で1800円も絶対出せないから誘《さそ》えない。

それに俺がしてるのは地獄《じごく》の体力勝負で、食事はすべて調理師免許《めんきょ》を持ってる店長と品川《しながわ》さんが作っている。店長にどこか店を紹介《しょうかい》してもらえないかな、そこまで俺がするのは出過ぎてる？　でも俺は吉野《よしの》さんの「秘密の親友」だし？　この街は俺のほうが詳《くわ》しい。店長にそれとなく聞いてみようと思った。

楽しそうに少しスキップした状態で目の前を歩く吉野《よしの》さんを見ながら思う。

吉野《よしの》さんは俺に「秘密の親友」になってほしいと言った。

でもきっと俺は、吉野《よしの》さんを女の子として好きだと思う。

すごくすごく、吉野《よしの》さんを可愛《かわい》いと思っている。

でも吉野《よしの》さんは、彼氏《かれし》なんて求めてない。

もっと根っこの……安らぎみたいな……安心して素の自分で話せる人……素直《すなお》に甘えられる

人を求めているように見える。

俺は吉野《よしの》さんに何かあったとき役に立ちたい、助けたいし、困ったときに、隣《となり》にいたい。

そんな人になりたいし、世界はそれを親友って言うのかもしれない。

だったら俺はそうなりたい。

ゆっくり静かに降り始めた雨の中、俺は走り出した。


「陽都《あきと》。ちょっと話をしましょう」

「ごめん、母さん。昨日は遅《おそ》すぎた」

「二十三時は高校生には遅《おそ》すぎると思うの」

次の日の朝、俺は朝ご飯を食べながら母さんにこってりと絞《しぼ》られていた。

いつもより帰りが遅《おそ》くなる時点で連絡《れんらく》したし、店長と母さんは顔見知りで、昨日はトラブルがあったから陽都《あきと》くん帰るの遅《おそ》くなります……と電話もしてくれた。でもそんなことで「はい、わかりました」と引き下がるほど、俺の母さんは甘くない。

そもそも今のバイト先……ひいてはばあちゃんの息がかかった領域にいることを良《い》いと思ってないんだ。なにかひとつでもキッカケを摑《つか》んでバイトを辞《や》めさせたい、ばあちゃんから遠ざけたい、そう思っている。

でも、昨日の俺はなにひとつ間違《まちが》ってないから、譲《ゆず》れない。

細かいこと説明すると「やっぱりそんな危ない場所！　すぐに辞《や》めなさい」と叫《さけ》んで更《さら》に面《めん》倒《どう》なことになる。だから何もいえないけど……俺はパンを食べながら顔を上げた。

「中間で80点以下は絶対取らない。それに俺、ちゃんと体育祭の実行委員やってるよ」

「テストを頑張《がんば》るのは学生として当たり前のこと。実行委員するのはすごくいいことよ、それをすることに母さんは何の文句も言ってない。とにかく最大限に許容して二十二時なのよ。高校生がそれ以上遅《おそ》く帰宅するなんて普通《ふつう》じゃないわ」

出た、普通《ふつう》じゃない。

その普通《ふつう》というのは、どれだけのサンプリングを元に言っているのか。

中園《なかぞの》みたいに朝までゲームしてても早く帰ってきてたら普通《ふつう》なのか？

俺は椅子《いす》にもたれてため息をついた。じゃあ俺も最終カードを切るしかない。

「あのさあ、あの店でバイトしなかったら、俺今も引きこもってるかもよ」

「……」

「あの町に行って色んな人に会って俺は楽になった。母さんはばあちゃんに感謝するべきだろ。それとも俺が今も家で引きこもってたほうが普通《ふつう》だったのかよ？」

「母さんは、陽都《あきと》のことを思って言ってるの!!」

出た、伝家の宝刀『陽都《あきと》のことを思って言ってるの』。

俺は残ったパンを口に全部入れて立ち上がった。

「昨日は事情があったんだ。何も悪いことはしてない、テストも点を取る、実行委員も頑張《がんば》る。それでいいだろ」

父さんと俺とばあちゃんはよく一緒《いっしょ》に飯を食ってるけど、母さんは絶対に来ない。絶縁《ぜつえん》状態だと思う。父さん曰《いわ》く「人間には相性《あいしょう》もタイミングもある」。色々知ってるんだろうけど、俺には何も言ってこない。

俺はカバンを持って外に飛び出した。最近は家にいるより外にいるほうが気楽だ。

# 第6話　その氷が溶けるように

昼休みの委員会準備室。

俺は布にアイロンをかけていた。最初は熱くて怖《こわ》かったけど、何枚かやったら慣れてきた。やっぱりこういう地味な作業は好きだ。

吉野《よしの》さんは一番奥でひたすらミシンで布を縫《ぬ》っている。

俺はスマホを取りだして吉野《よしの》さんに近付いた。

「あの。ミシンの作業を動画に録画しとくのはどうかな。そしたら来年の参考になるかも」

「そうですね。そういうのが今まであまり残ってないかも知れません。私の作業風景で良ければどうぞ」

吉野《よしの》さんはそう言って小さく頷《うなず》いた。

許可を取りスマホのカメラを立ち上げて、吉野《よしの》さんが作業している所を撮影《さつえい》しはじめた。

旗なので、棒をいれる部分があって、そこは太めの筒《つつ》にする必要がある。吉野《よしの》さんはなんとなく説明しながらミシンで縫《ぬ》っていく。もちろん本当に資料として残したほうがいいと思って声をかけたけど、朝、母さんとケンカしたトゲトゲした気持ちをなんとかしたかった。

それをちゃんと仕事している風に見せたかっただけ。

それにさっき少し離《はな》れた場所から見てたけど、凛《りん》とした背中とか、押さえている指先とか、少し緊張《きんちょう》した表情とか、全部すごくかっこよくて可愛《かわい》い。

この景色を動画に収めたいと思ったんだ。

「先にこっち側を縫《ぬ》ってしまったほうが、結果的に楽になります。それでここを折って……」

吉野《よしの》さんは縫《ぬ》いながら丁寧《ていねい》に説明していく。

俺はそれをなんとなく聞きながら、ずっと吉野《よしの》さんの横顔を撮影《さつえい》している。

すごくキレイだと思う。

よく見るとまつげが長いんだな。外で会う時はいつも付けまつげしてると思うけど、そんなの要《い》らないんじゃないかな？　くるりとカールしてきれいだ。それに目の下に小さなほくろがあるんだな、気がつかなかった。いつもメイクで消してる？　可愛《かわい》いのにな。泣きぼくろ……泣き虫なのかな？　撮影《さつえい》していると、吉野《よしの》さんがミシンをとめた。

そして俺のほうを見て、むう、と口を尖《とが》らせた。

「(……?)」

俺は不思議に思ったが、その表情さえ可愛《かわい》くて、録画を続けていたら、布の上で指先がチョイチョイと動いた。

さすがにこれは呼ばれている。撮影《さつえい》したまま近付くと、吉野《よしの》さんは俺のほうに身体《からだ》を寄せて、

「(作業風景じゃなくて、私を撮《と》ってませんか？)」

「!!」

その言葉に俺は驚《おどろ》いて吉野《よしの》さんを見た。すると吉野《よしの》さんは眉毛《まゆげ》をクイとあげて目を細めて口を猫《ねこ》のようにふにゃりとさせ「もう仕方ないなあ」という表情になり、再び作業を開始した。

……撮影《さつえい》したままだけど、ここはカットして……家のパソコンに移動させよう。いや、切り出して drop box に保管しよう、今しよう。


旗にする作業は放課後には終わり、布を各クラスに運ぶことにした。

去年は「旗って何だ？　これに絵を描《か》けばいいの？」程度しか思わなかったのに、自分たちでアイロンをかけて縁《ふち》を縫《ぬ》ったと思うと、なんだかすごく大切なものに感じる。

俺が布を持って、吉野《よしの》さんは作り方のアイデアが書いてある紙を持ち一緒《いっしょ》に廊下《ろうか》に出た。

先生に挨拶《あいさつ》しながら、全ての教室を移動して机の上に布とプリントを置いた。これで旗の基本作業はお終《しま》いだ。職員室にいる内田《うちだ》先生にそれを伝えに行くと、

「じゃあ撮影《さつえい》が終わった優秀賞《ゆうしゅう》の箱も戻《もど》しておいてもらえる？」

そういって吉野《よしの》さんのほうにススと近付いて、

「(あと部屋に転がってたＨＤＤも運んでくれない？　空箱は分解してケーブルは部屋のボックスに入れておいて？　古いケーブルは捨てて？　使ってないの初期化してくれない？　あと屋上倉庫に応援《おうえん》団で使うハチマキもあるから準備室に移動させてくれない？)」

「わかりました」

吉野《よしの》さんはそう言って頷《うなず》いた。内田《うちだ》先生はアレコレ一気に頼《たの》むし、これだけ聞いてるとマジで奴隷《どれい》だけど、またあそこに行けるのかと俺は横を見て唇《くちびる》を噛《か》んでニヤニヤ顔を誤魔化《ごまか》した。

「辻尾《つじお》くん、これは……入っても大丈夫《だいじょうぶ》なのかな」

専門棟《とう》の屋上にくると、床《ゆか》に水が溜《た》まっていた。昨夜降った雨の排水《はいすい》が終わってないようだ。

俺は優秀賞《ゆうしゅうしょう》の旗が入った箱とＨＤＤを持ったまま横を見た。

「吉野《よしの》さん。傘《かさ》立ての横に長靴《ながぐつ》があるよ。これ借りよう」

「え？　大丈夫《だいじょうぶ》？　汚《きたな》くない？」

俺は段ボールを傘《かさ》立ての上に置いて、長靴《ながぐつ》を確認《かくにん》した。

「雑巾《ぞうきん》があるからこれで中を拭《ふ》いてと……。オッケ。物は新しいっぽいよ」

「……本当に？」

そういって吉野《よしの》さんは首を傾《かし》げて、完全に疑った表情で俺を見た。そして立った状態で上履《うわば》きを脱《ぬ》いで、恐《おそ》る恐《おそ》るゆっくりと足を入れた。そして俺のほうを見てパアと笑顔《えがお》になり、

「本当だ！」

……可愛《かわい》い。どうやら大量に雨が降ると水が溜《た》まるのがお約束のようで、長靴《ながぐつ》が何足か置いてあった。俺もそれを履《は》いて屋上を歩く。じゃば、じゃば、と雨のなかを歩くような音がする。

おおおおお面白《おもしろ》い、走り回って水を蹴《け》り飛ばしたい！　絶対楽しいやつ！

吉野《よしの》さんは最初怯《おび》えながら歩いていたけれど、すぐに真顔になって、

「……すごく特殊《とくしゅ》な体験だと思うけど、排水《はいすい》的にどうなのかしら？　こんな状態だからこの校舎は使えなくなったのね。きっとどこかで落ち葉が詰《つ》まってるわ。あとで掃除《そうじ》しましょう」

この面白《おもしろ》い状況《じょうきょう》でその発想が真面目すぎる。吉野《よしの》さんは俺とふたりっきりでも学校では真面目で、外で会う時にみたいに底抜《そこぬ》けにはしゃいでない。でも笑顔《えがお》や表情がすごく丸くて……俺はそんな所もすごく好きだ。中園《なかぞの》と俺なら長靴《ながぐつ》で水を蹴《け》飛《と》ばしてサッカー大会が始まる。間違《まちが》いない。だからパスワード付きの扉《とびら》が付いてるんだな、うん。

置いてあった長靴《ながぐつ》は誰《だれ》でも履《は》けるように男性サイズで、吉野《よしの》さんにはかなり大きいようで、ゆっくりと歩いている。

「よいしょ……ちょっと待ってね。これ大きくて歩きにくいの」

「ゆっくりで大丈夫《だいじょうぶ》だよ」

「うん。やだ、脱《ぬ》げそう」

「ゆっくり、ゆっくり」

「うん……あ、陸地よ、辻尾《つじお》くん。陸地に来たわ。ここは水没《すいぼつ》してない」

「陸地って！」

俺は段ボールを抱《かか》えたまま笑ってしまう。吉野《よしの》さんは元更衣《こうい》室で今は倉庫として使われている所まで恐《おそ》る恐《おそ》る歩き、中に入った。そこは階段があり高くなっているので水没《すいぼつ》していない。

吉野《よしの》さんは安心したのか笑顔《えがお》になり、更衣《こうい》室の扉《とびら》を開けて俺を招き入れた。元あった場所に段ボールを戻《もど》すと少し落ち着いた。

「さて？　ここからハチマキを探すのね？」

吉野《よしの》さんは大きな長靴《ながぐつ》を履《は》いたまま、床《ゆか》近くに膝《ひざ》を抱《かか》えて小さくなって座っている。そして棚《たな》を見て眉間《みけん》に皺《しわ》を入れて、

「うーん、汚《きたな》い。この中のどこにあるんだろ」

俺は膝《ひざ》を抱《かか》えて丸くなっている姿が可愛《かわい》くて、同じように横に膝《ひざ》を抱《かか》えて丸くなった。それに気がついた吉野《よしの》さんは小首を傾《かし》げて、

「長靴《ながぐつ》おそろいだね」

と微笑《ほほえ》んだ。おそろいって言うか備品だし、何よりごつい大きな長靴《ながぐつ》を履《は》いて、制服のスカートを抱《かか》え込んで座っている姿が良すぎる。吉野《よしの》さんは膝《ひざ》を抱《かか》えたままピョコと移動して、

「あ。体育祭で使うバトンがあるからここら辺かな？」

「確かに。さすがにバラバラの場所に入れないいんじゃないかな」

そう言って箱の奥を見たら、学食便りが大量に出てきた。全然関係ないし、なんなら五年前の物で、ただのゴミだ。俺はわりと整頓《せいとん》が好きなので、こんなの捨てろよと入り口に移動させた。すると入り口近くの箱の中にハチマキが入っているのが見えた。

「吉野《よしの》さん、あったよ」

「辻尾《つじお》くんナイス！」

そういってピョンと立って姿勢を正した。俺たちはハチマキが大量に入った箱を持って更衣《こうい》室の外に出て、再び階段を下りて水溜《た》まりの屋上を歩き始めた。

昨日の雨のせいか、まだ風が強い。プールサイドを歩いていると、ハチマキが段ボールから落ちそうになった。濡《ぬ》れる！　俺は慌《あわ》てて手に取った。それはヒラヒラと風で広がったが、床《ゆか》には付かなかった。セーフ！　風で踊《おど》るハチマキの縁《ふち》を吉野《よしの》さんが掴《つか》んだ。そしてクンと自分の方に引き寄せて持ち、おでこに巻いた。

「似合う？」

「……うん」

ていうか可愛《かわい》い。

応援《おうえん》団用のハチマキは長い。それを制服姿でおでこに巻き、足は大きな長靴《ながぐつ》に制服のスカート。紺碧《こんぺき》の空と、銀の裏地が輝《かがや》く雲。そして相変わらずの強い風が、真っ赤なハチマキを空に舞《ま》わせる。床《ゆか》は鏡みたいに青空を映して、太陽を反射させてキラキラと美しい。

吉野《よしの》さんはハチマキを巻いたまま俺の方を見て、

「辻尾《つじお》くん。あそこが現場みたいよ。デッキブラシがある。きっとあそこの木の葉っぱが詰《つ》まってるのよ。ついでに掃除《そうじ》しましょう。こんな状態が長く続くのは良くないわ」

「……真面目すぎる」

頼《たの》まれてもないのに掃除《そうじ》するなんて。でもはじめて話した時も、先生に頼《たの》まれたわけでもなく、プリントを仕分けるのを手伝ってくれた。これが吉野《よしの》さんなのだろう。でもあの時みたいに表情は硬《かた》くない。今は頭にハチマキを巻いて遊んでて。そんな変化がすごく嬉《うれ》しい。

俺たちはハチマキが入った箱を傘《かさ》立ての上に避難《ひなん》させて水が詰《つ》まっている方に向かった。そしてデッキブラシで落ち葉を集めてビニール袋《ぶくろ》に入れ始めた。

ていうか、デッキブラシで落ち葉をかき集めるの、すげー楽しい。まずデッキブラシで落ち葉を遠くに散らして水に浮《う》かべる。花が咲《さ》いたように落ち葉が青空を映した水に広がった。でも一瞬《いっしゅん》でゴゴゴと排水《はいすい》口にくっ付く。

「おおおお！　吉野《よしの》さん、これ楽しいよ」

「もう辻尾《つじお》くん！　……楽しそう」

そう言ってハチマキを巻いた吉野《よしの》さんもデッキブラシで落ち葉を引っかき集めた。するとゴゴゴ……と水が流れるが、落ち葉を流すとすぐに詰《つ》まる。

俺と吉野《よしの》さんは落ち葉を集めながら、デッキブラシで水を引っかき回して笑った。

そして俺は掃除《そうじ》をしながら聞こうと思っていたことを口にする。

「あの、吉野《よしの》さん。土日ってバイト行ってる？」

「うん、土日は八時に家を出て午前中は図書館で勉強して十五時から二十時までバイトしてる」

「朝八時⁉」

学校と同じ時間帯に土日も家を出てるの⁉　俺が驚《おどろ》くと吉野《よしの》さんは、一瞬《いっしゅん》で表情を曇《くも》らせて、

「家に居たくないから、出ちゃうの」

「あ、ごめん」

わざわざ言わせてしまった……と俺は少し反省してデッキブラシを動かした。少し落ち葉が減って水かさが減っている。

「あのさ、俺、土曜日は集中して勉強する日だけど、日曜日はバイトしてるから……その朝の図書館勉強とか……一緒《いっしょ》にしない？」

「する！　いいの？　うれしい。いつも一人だったから、そんなのすごくうれしいよ！」

吉野《よしの》さんの曇《くも》った表情が一瞬《いっしゅん》で明るくなった。

落ち葉を全てビニール袋《ぶくろ》に入れると大きな音がして、屋上の水はすべて排水《はいすい》された。

「やったね！」

と吉野《よしの》さんは親指をピンと立てた。ああ、もっと吉野《よしの》さんと一緒《いっしょ》に居たい。日曜日の約束ができて嬉《うれ》しい。八時から十五時なら、一緒《いっしょ》にお昼も食べられるかもしれない。すごく楽しみだ。

# 第7話　優等生のままで

怖《こわ》い、どうしよう。

舞台《ぶたい》の袖《そで》で手が震《ふる》える。怖《こわ》くて怖《こわ》くて仕方がない。

「紗良《さら》ちゃん、何度も練習したから大丈夫《だいじょうぶ》、怖《こわ》くないよ」

そういった幼稚園《ようちえん》の先生の目が充血《じゅうけつ》して真っ赤だったのを覚えている。

それが寝不足《ねぶそく》なのか、疲《つか》れなのか、あの頃《ころ》の私には分からなかったけど今なら分かる、私と同じ責任感から来る恐怖《きょうふ》だ。先生が握《にぎ》ってきた手はキンと冷たくて氷みたいだった。冷たい私の手に、先生のさらに冷たい手が乗り、痛い。

怖《こわ》いけど絶対に逃《に》げるわけにはいかなかった。

忙《いそが》しいお父さんがせっかく見に来てくれてるんだから。

「おひめさま、ここにきて歌ってよ。君の歌はみんなをよろこばせるよ」

舞台《ぶたい》の上で男の子がセリフを言った。

行かないと！

足が床《ゆか》に張り付いたみたいに動かない。失敗しそうで怖《こわ》い、何をすべきなのか覚えてない、でも出ないと！

私はふらふらと糸で引っ張られるように舞台《ぶたい》に出た。

ライトが私を照らしていて熱い。黒塗《ぬ》りで顔が見えない人たちがたくさん並んでいる。心臓が耳のすぐ横にあるみたいにうるさい。他の音は何も聞こえない。

私は必死に観客席の一番後ろに座っているお父さんを探した。

まぶしくてお父さんは見えない。でも大きなテレビ番組用のライトは見えた。

ああ、絶対に失敗できない！

そう思ったことしか覚えていない。

私のお父さんは、ずっと地元の人の声を集めて役所に届ける係をしていた。そして駅前の再開発が決まった時にリーダーとして立ち上がった。人望が厚く、そのまま市議会議員になり、その後市長を務めて、次は国政へ……期待されてテレビに取り上げられるようになった。将来有望な議員、娘《むすめ》ふたりのお遊戯《ゆうぎ》会を見学、夕方のニュースの軽いコーナーだったけど、幼稚園《ようちえん》側は気合いを入れた。

気がついたら自分で立候補した袖《そで》でピアノを弾《ひ》く係ではなく、主役になっていた。クラスには私より歌が上手な子がいて、その子が主役だったのに。

ピアノはお父さんがずっと弾《ひ》いてて私も好きで習っていたし、音を聞いたらすぐに弾《ひ》けた。舞台《ぶたい》に上がらなくて良くて、袖《そで》の暗い所でひっそりと先生と一緒《いっしょ》に弾《ひ》けるのも好きだった。「ピアノがいいなあ」と言ったら、先生たちに囲まれて「紗良《さら》ちゃんなら歌えるよ、大丈夫《だいじょうぶ》！」と言われた。そう言われるならやってみようかなと私なりにやってみたら、先生たちは

「違《ちが》う、そうじゃない、もっと大きな声で！」「何度いえば覚えるの？」と怒《おこ》り始めた。なによりも悲しかったのはピアノの先生も私が歌うたびに悲しそうな顔をしていたことだ。

頑張《がんば》ってるのに先生たちをイライラさせてしまう自分が嫌《いや》で、失敗が怖《こわ》くなっていった。

何をしてもダメで、これ以上どうしたら良《い》いのか分からない。

私が歌うたびに先生たちが落ち込み、悲しませるのがイヤで、それをお母さんやお父さんに知られてしまうのも、もっと嫌《いや》だった。

「私はたのしみ！　おとうさんがみにきてくれるなんて！　私も主役になったんだよ！」

そう言って無邪気《むじゃき》に笑っていたのは妹の友梨奈《ゆりな》だった。

事実。友梨奈《ゆりな》はテレビのインタビューも、お父さんへの一言も、お母さんへのねぎらいの言葉も、年中《ねんちゅう》ですべてこなしてみせた。

そして劇では、中心で歌い、大きな拍手《はくしゅ》を貰《もら》った。

実際テレビに流れたのは友梨奈《ゆりな》のところだけで、私のところは丸々カットされていた。

あのお遊戯会《ゆうぎ》を力に変えたのが友梨奈《ゆりな》。

あのお遊戯会《ゆうぎ》で死んだのが私。

その後お父さんは病気で死んで、家にはお母さんと友梨奈《ゆりな》、私だけになった。

お母さんはお父さんの地盤《じばん》を引《ひ》き継《つ》ぎ、活動をはじめた。お父さんが亡《な》くなった年の選挙で市議会議員にトップ当選、今はお父さん以上にたくさんの支援《しえん》者に囲まれている。友梨奈《ゆりな》はお父さんの死を身近で見たことで「医者になる」と宣言。病気の研究がしたい、もっと知りたい、人間の身体《からだ》を。そう宣言してお母さんや議員さんたちを喜ばせていた。

今も思い出す、私を照らすスポットライトを。

まぶしくてお父さんがどこにいるか見えないよ。

私、すごく頑張《がんば》ったけど、歌ったことも、踊《おど》ったことも、何も覚えてないの。

それでも私の歌、お父さんに届いたかな？

私だってお父さんを大好きだった。

でももう、永遠に言えないの。

だって私は、お父さんの何も引《ひ》き継《つ》げてない、我が家でいちばんの役立たずだから。


「お姉ちゃん、ねえちょっと、大丈夫《だいじょうぶ》？」

起きると目の前に友梨奈《ゆりな》がいた。もうバッチリとメイクをしていて、朝から完璧《かんぺき》に可愛《かわい》い。

私は汗《あせ》だくのパジャマを手でギュッと握《にぎ》り身体《からだ》を起こした。

「……友梨奈《ゆりな》、おはよう。ごめん、怖《こわ》い夢見てた」

「もお～～。マジでお祓《はら》いとか行ったほうが良くない？　そこまで悪い夢見るって何？」

友梨奈《ゆりな》は私の布団《ふとん》にトスンと座った。私は少し落ち着いてベッドから出て、

「また叫《さけ》んでた？」

「う〜う〜って聞こえるから心配になって呼吸チェックしちゃったよ」

「さすが未来のお医者さま。私が家で倒《たお》れても安心ね」

「お姉ちゃん、マジで一回病院行こ？　精神科なんて今はかっこ悪いことじゃないよ。心の風《か》邪《ぜ》なんて誰《だれ》だってひくんだから」

友梨奈《ゆりな》は私の顔をのぞき込んだ。

本当に心配してくれているのがよく分かる表情で、だからこそ何も言えなくなってしまう。

だって私より頑張《がんば》っていて完璧《かんぺき》な友梨奈《ゆりな》は『心の風邪《かぜ》なんて引いたことないから』だ。

私は弱い。でもそれを自分で言うなんて、絶対に出来ない。何も出来ないうえに心まで弱いなんて、絶対に知られたくない。友梨奈《ゆりな》は私の横に座り込んであぐらをかき、

「穂華《ほのか》なんて『昼寝《ひるね》しすぎて寝《ね》られないからヤクよこせ』って勝手に私の部屋に入ってくるんだけど、あいつ学校で大丈夫《だいじょうぶ》？　なんとかやってる？」

「頑張《がんば》ってるわ。薬なんて言われても困っちゃうわね。友梨奈《ゆりな》が処方できるわけじゃないのに」

「そうよ。私の事なんだと思ってるのか！」

友梨奈《ゆりな》は口を開けて首を横に振《ふ》ってアホな表情を作った。

友梨奈《ゆりな》が高圧的で嫌《いや》な妹だったら、憎《にく》めたら、もう少し楽だったかもしれないなんて思ってしまうほど、妹の友梨奈《ゆりな》は完璧《かんぺき》だ。

シャワーを浴びるために服を持って部屋を出ようとすると、友梨奈《ゆりな》も付いてくる。

「お姉ちゃん、今日も朝から出かけるの？　休みの日のたびに出かけるの大変じゃない？」

今、朝の七時。二時間後には我が家にお母さんの支援者《しえん》や政治家の人たちが集まってくる。そこではこの国の未来、市の問題、そして人々の悩《なや》み……幅広《はばひろ》く議論される。

お母さんは議論が好きで、いつもそこで楽しそうに話す。私は議論があまり好きではない。自分が主張するより相手の言い分を聞いてるのが好きだ。でも友梨奈《ゆりな》は結構好きで参加している。私は苦手だと小さな声で友梨奈《ゆりな》に言ったら、「わりと面白《おもしろ》くない？　わざと反対側の意見を言ったほうが見えなかった部分が見えてくるよ」と微笑《ほほえ》んだ。そう言える友梨奈《ゆりな》は、その時点で才能があるのだ。

私にその才能はない。

この家で唯一《ゆいいつ》……死んだお父さんにもあった社交性がない私が悪いのだ。

「ありがとう、気にしてくれて。図書館で勉強したいだけよ」

「勉強楽しいよね、超《ちょう》分かる！　知らないこと覚えるのメッチャ上がる」

友梨奈《ゆりな》は勉強が大好きで、寝《ね》る時間を惜《お》しんで勉強している。学ぶことが楽しいから。……

私は必要だからしているだけで、楽しいとは思えないけれど。

私は脱衣所《だつい》の扉《とびら》を開けて、

「それにそのあとバイトもあるし」

友梨奈《ゆりな》は口を尖《とが》らせて、

「バイトなんてしなくていいじゃん。一万円のミラクル交通費があるじゃん～」

お母さんたちは午前中いっぱい討論して、そのあと支援者《しえん》の店に食事に行く。私と友梨奈《ゆりな》がそこにいくと「交通費」の名目で一万円渡《わた》される。名義は議員の娘《むすめ》さんだから安全にタクシーで帰るため。友梨奈《ゆりな》は毎週参加してお昼を食べて一万円貰《もら》っている。私は脱《だつ》衣所に服を置いて友梨奈《ゆりな》を見る。

「友梨奈《ゆりな》はお医者さんになるんだよね」

「うん」

「その一万円も、全部勉強に使ってるって、私は知ってるよ。英語は上達した？」

「勉強じゃなくてカフェだよお～イケメン外国人たくさんいるんだからあ～～」

もう本当にこの子は完璧《かんぺき》だ。

友梨奈《ゆりな》は「一万円ってどんな交通費?!」と笑いながら、そのお金でネイティブな外国人がいるカフェに出入りしていると穂華《ほのか》に聞いた。自分の会話は通じるか、使えるか。高校卒業したらアメリカ留学して大学に進学したいから現地の情報を集めたりしているようだ。

友梨奈《ゆりな》の行動はすべて未来のためにある。

正しくて美しくて優《やさ》しい私の完璧《かんぺき》な妹。

私は、余裕《よゆう》な顔して必死に頑張《がんば》って頑張《がんば》って取《と》り繕《つくろ》って、やっと一人前、やっと人間。

から」

私は友梨奈《ゆりな》の手を握《にぎ》った。

「友梨奈《ゆりな》のお金の使い方は間違《まちが》ってないわ。将来のためになる。私は私のためにお金を貯《た》める

「え——、お姉ちゃん本当に高校出たら家出るの——？　やだやだやだやだやだぁあ」

「一年先に出るだけじゃない。友梨奈《ゆりな》だって大学はアメリカに行くんでしょ」

「そうだけど、お姉ちゃんが一年もいないの、さみしいよ。私、大好きなお姉ちゃんとこうして話すのが一番元気でるのにー！　ずっとお姉ちゃんと一緒《いっしょ》がいいよお～～」

「友梨奈《ゆりな》が家を出るなら私が出ておかしくないでしょ？」

「よっし、お姉ちゃんもアメリカきてっ！」

「嫌《いや》です。はい、シャワー浴びるので出て行ってください」

「もおお～～～じゃあ友梨奈《ゆりな》も入る～！」

服を脱《ぬ》ぎ始めた友梨奈《ゆりな》を抱《だ》きしめた。

世界で一番大好きで可愛《かわい》くて大切で、それでいて絶対に勝てなくて、友梨奈《ゆりな》がいるからつらい……でも絶対に恨《うら》めない……私の妹。

大好き、大好き、大嫌《だいきら》い。

# 第8話　ふたりではじめてのお出かけ

「じゃあ行ってきます」

俺はいつも履《は》かない少し高い革靴《かわぐつ》を履《は》き、買ったばかりのシャツを羽織り、家を出た。

外に出るとすごく良い天気で、太陽を見て目を細めた。

今日は吉野《よしの》さんと図書館で待ち合わせして、食事をする日だ。

今までバイト前に話したり、バイト先に一緒《いっしょ》に行ったり、学校でも話したりしてるけど、外で待ち合わせをして朝から会うのははじめてで楽しみだ。

楽しみすぎて、八時に起きれば良いのに六時半に起きてしまった。いつも学校にいく時より早い。興奮しすぎてるのを自分でも感じるけど仕方ない。

吉野《よしの》さんは朝八時に家を出て、喫茶店《きっさてん》で図書館が開くまで勉強して、そこから移動するのだと言っていた。休日の朝八時に家を出るって……そんなに家にいたくないのか。

俺もそこから付き合おうかと聞いたら「さすがに早すぎて付き合わせるの悪いよ」と気を遣《つか》われた。早すぎる時間に家を出ている状態が気になるけど……。

待ち合わせの図書館は、バイト先から徒歩圏内《けんない》にある。だから俺はいつも通りバイト先の駅で降りて、そこまで歩くことにした。通路にある鏡で前髪《まえがみ》を直す。……うーん。前髪《まえがみ》が長すぎる気がする。髪《かみ》の毛《け》を切りに行こうかと思ったけど、それはさすがに気合い入りすぎだとバレるので我慢《がまん》した。……でも行ったほうが良かったかな。

図書館は公園のすぐ隣《となり》にある。公園は品川《しながわ》さんの息子《むすこ》、礼《れい》くんとたまにバスケをしていた所で、何度か行ったことがある。でもその時は夜で景色をちゃんと見たことがなかったけど、新緑がきれいで良さそうな公園だと分かった。

天気も良《い》いし、どこかで飲み物買って散歩とか、どこか店に目星を……いやいや勉強！

俺は無駄《むだ》にドキドキしてきた心臓に酸素を送るように胸を張って歩いた。

昼間会うだけなのに、緊張《きんちょう》して落ち着かない！

図書館は公園に隣接《りんせつ》するように建っていた。壁《かべ》も木で作られていて緑の一部みたいで、こんな良《い》い場所があったのか。外にベンチがあり、そこで本を読んでいる人も多い。

吉野《よしの》さんにさっきLINEしたら、もう中にいるって話だったけど……入っていくと中はすごく広くて、木の匂《にお》いがして気持ちが良《い》い空間だった。

本が円状に広がった状態で置いてあってフラット、少し暗い空間が広がっていた。

自習ゾーンは二階らしく、上がっていくと公園の光が入ってきて明るい。奥のほうに歩いて行くと、ピョコピョコと動く水色のインナーカラーが入った髪《かみ》の毛《け》が見えた。あれはひょっとして。

近付くと吉野《よしの》さんだった。

「吉野《よしの》さん」

「辻尾《つじお》くん！　おはよう。席取っておいたよ」

俺を見つけた吉野《よしの》さんはパアアと笑顔《えがお》になって机をタンタンと両手で叩《たた》いた。

今日の吉野《よしの》さんの髪型《かみがた》は、真っ黒で水色のインナーカラーが入っているウイッグをかぶっていて、これもすごく可愛《かわい》い。Vネックの白いセーターははじめて会った時と同じものだけど、中に着ている見せキャミのレースも水色でメッシュとお揃《そろ》いだ。それにショートパンツを穿《は》いていて、さらりと長い足がまたすごい。ごついブーツとすごく合う。

可愛《かわい》い、すごく可愛《かわい》い。

吉野《よしの》さんが俺に手を振《ふ》ったとき、周りにいた男たちが「チッ」という顔をしたのが少し気持ち良い。取ってくれた席は窓際《まどぎわ》の柱のすぐ横で、景色が良くて明るい最高の席だった。吉野《よしの》さんは俺の顔をのぞき込んで、

「待ち合わせ早すぎた？　眠《ねむ》そう」

「いや、そんなことないよ。昨日はわりと勉強エンジンかかるの遅《おそ》くてさ」

「あー、わかる。時間ある時にやる気にならないのに、寝《ね》なきゃいけない時にエンジンかかっちゃうやつ」

「それそれ」

そう笑いながら、興奮して眠《ねむ》れないし、楽しみで無駄《むだ》に早起きしたなんて絶対言えないな……と思った。さすがに恥《は》ずかしすぎる。

吉野《よしの》さんは机の上に広げていた参考書を俺に見せて、

「よっし、じゃあ頑張《がんば》ろっか。点数落としたらバイト辞《や》めさせられる！」

「俺も」

俺たちは雑談もそこそこに課題に取りかかった。

俺も吉野《よしの》さんも成績上位のほうだけど、俺は数学が好きで、吉野《よしの》さんは英語が好きだとはじめて知った。だから吉野《よしの》さんが苦手な数学を俺が教えて、俺が苦手な英語を教えてもらった。

家で勉強したら二十分も集中力が持てば良い方だけど、吉野《よしの》さんが太陽の光を浴びて背筋を伸《の》ばして勉強している姿を見ると、俺も頑張《がんば》れた。

いつもより問題集の進みが早くて、吉野《よしの》さんと勉強なんてドキドキして無理なんじゃないかと思ったけど、ちゃんと勉強する相手が一緒《いっしょ》なら効率は上がるのだと知った。

まあ今までちゃんと勉強する友達がいなかったけど。

中園《なかぞの》なんて今日は昼まで寝《ね》て、そのあと配信して寝《ね》るって言ってた。本当にあいつは……。

十二時までしっかり勉強して、お互《たが》いに交換《こうかん》テストもして覚えたことを復習した。

俺はいつも覚えられない英文がかなり頭に入ってるのを確認《かくにん》して震《ふる》えた。

「……吉野《よしの》さんと勉強したほうが頭に入る」

俺がそう言うと吉野《よしの》さんはシャーペンをギュッと握《にぎ》って身体《からだ》を前に出して、

「私もっ。辻尾《つじお》くんが数学得意で助かった。分からないところ困ってたの」

「俺で良かったらいつでも。こんなに集中できると思わなかった。あの良かったら来週も……」

ここまで言って毎週会いたいみたいなこと言って大丈夫《だいじょうぶ》か?!　と慌《あわ》てたが、吉野《よしの》さんは机に頬杖《ほおづえ》をついて両頬《りょうほお》を掌《てのひら》で包んで笑顔《えがお》になり、

「私も毎週一緒《いっしょ》に勉強したいっ！　実はいつもこの図書館でひとりで勉強してたの。……でも相席してくる人が多くて、それがちょっと苦手で。混んでる図書館だから仕方がないんだけど」

「俺が来るよ、絶対来る、いつも来る。そんな、だって……」

めちゃくちゃ可愛《かわい》い女の子が二人がけの席でひとりで勉強してたらワンチャン狙《ねら》って来る男なんてたくさんいるだろう。

吉野《よしの》さんは頬杖《ほおづえ》をついたまま机にパタンと倒《たお》れて笑顔《えがお》になり、俺の人差し指にツンと触《ふ》れた。

その指先は桜色のマニキュアが塗《ぬ》られていて、ツヤツヤしている。

「……ご飯食べに行こうか。少し歩いたところにマックあるよ」

触《ふ》れられた指先にすべての神経が集まっているのが分かる。

ドキドキして掌《てのひら》がじんわりと汗《あせ》をかいたのが分かった。なんとか息を整えて、

「公園、すごくキレイだったから、スマホで買って外で食べない？　天気もいいし」

「いいね！　よーし、じゃあ何にする？」

吉野《よしの》さんが椅子《いす》を動かして俺のほうに近づいてきて、腕《うで》にぎゅっとしがみついてスマホを開

いた。俺の左腕《ひだりうで》にぴたりとくっ付いている吉野《よしの》さん……くううう……柔《やわ》らかい、可愛《かわい》い、良《い》い匂《にお》い、そして俺にしがみついてきているからつむじが見えて……可愛《かわい》い。吉野《よしの》さんは学校だとこんな風にくっ付いて来なくて、やっぱりちゃんと優等生なんだけど、外だといつも楽しそうでテンション高くて、距離《きより》が近くて嬉《うれ》しい。

そしてアプリを指でツイツイと動かして俺のほうを見た。

「じゃあこのセットとー。あっ、ポテト大盛りにしてわけっこしない？」

「……なんでもいいですハイ」

「ここで勉強して正解だったね、ギリギリまで一緒《いっしょ》にいてバイトにいけるもん。うれしい」

「……ハイ」

俺は俺の腕《うで》にくっ付いている吉野《よしの》さんが可愛《かわい》くて嬉《うれ》しくて「ハイ」しか言えない。

吉野《よしの》さんは俺の視線に気がついて、少しだけ距離《きより》を空けて、

「えへへ、甘えすぎかな。学校ではね、やっぱり辻尾《つじお》くんとふたりっきりでも、どこか緊張《きんちょう》しててゆっくりできないの。それに今までね、男の子……というか、女の子も、親も、友達も全部含《ふく》めてなんだけど……私の話をちゃんと聞いてくれる人と一緒《いっしょ》に勉強したり、お話ししたりしてなかったの。もうただしっかりすることだけ考えてきたんだけど、辻尾《つじお》くんはこんな服装で好きにしてる私も、学校で真面目してる私も知ってて一緒《いっしょ》にいてくれるから、すごく嬉《うれ》しいの。どんな私でも大丈夫《だいじょうぶ》かなって、好きに動いていいのかなって、少しだけ思える」

「全然甘えすぎじゃない、全然いいよ、どんな吉野《よしの》さんも、全部見たい」

「!!　……なんだかエッチだな」

「いやいやいやいや、そうじゃなくて。もちろんそうじゃなくて」

「分かってるよお。いこっか」

吉野《よしの》さんは口を大きく開いて笑って立ち上がった。

俺はどんな吉野《よしの》さんも好きだけど、吉野《よしの》さんはまだ本当の自分を出していくことに戸惑《とまど》いがあるみたいだ。それほど優等生生活をしてきてるんだろう。俺なんかが一緒《いっしょ》にいて、そう思ってもらえるならそれが嬉《うれ》しい。


図書館を出ると、強い日差しが降り注いだ。でもすぐ近くに池があるから、抜《ぬ》ける風は涼しいし、木陰《こかげ》が多い。敷地《しきち》自体もかなり広くて、奥には美術館、サッカー場、バスケットコートもある。

俺と吉野《よしの》さんは図書館を出て、公園をゆっくりと歩き始めた。

池を囲むようにベンチが置いてあり、噴水《ふんすい》の水がキラキラと美しい。

池の真ん中には小さな神社があり、紅《あか》い幟《のぼり》がパタパタと気持ちよさそうに揺《ゆ》れ、小さな子どもが神社にかかる橋から石を投げているのが見える。

ポチャンと大きな水しぶきが上がり、子どもたちが走り回っている。

俺はそれを見ながら口を開いた。

「バイト先の人の子どもとよく一緒《いっしょ》にこの公園で遊ぶんだけどさ」

「え？　バイト先のお子さんと？　それってなんだかすごいね」

「バイトしてる店は、俺のばあちゃんが経営してる店だから、従業員はみんな知り合いだし、家族みたいに付き合うんだ」

「え……すごくいいな。そんなバイト先あるんだ。バイトなんてパッと行って仕事して……だと思ってた」

「ばあちゃんはそういうのが好きな人だからさ。俺も楽しいよ」

不登校になってばあちゃんに引っ張り出されたのとか、実はキャバクラも風俗《ふうぞく》もホストクラブにも出入りする仕事だけど、ドン引きされそうで黙《だま》る。

吉野《よしの》さんは池の方を見て、

「いいなあ。私ね、小学校の頃《ころ》は、月曜日はピアノ、火曜日はプール、水曜日は塾《じゅく》、木曜日は体操、金曜日は書道習って、土日はお母さんと一緒《いっしょ》にボランティアしてたから全然遊んだ記憶《きおく》がないの」

俺はその言葉を聞いて絶句する。

「ちょ、ちょっと待って。それは……え？　小学校一年生から、ずっと？」

「うん中学の時もずっと。でも自分でやりたいって言ったの。ちゃんとした大人になりたくて」

「ちゃんとした大人?!　ええ？　そんなこと今まで考えたことなかったよ。俺はそうだな、小学生の時は砂場に磁石を持っていって砂鉄を集めるのにハマってた」

それを聞いて吉野《よしの》さんは手を叩《たた》いて笑う。

「本当に砂場に砂鉄ってあるの？」

「あるんだけど、多い公園と、少ない公園に分かれるんだよ。近所の公園はあんまり取れないのに、少し遠くの住宅街の真ん中にある小さな砂場は砂鉄がすごく出ることに気がついてさ」

「誰《だれ》もいなかったのかな?!」

「そうそう。まだ誰《だれ》も入ったことがない森……狩《か》り場《ば》だったんだよ」

「狩《か》り場《ば》！」

「狩《か》りだろ、だって。父さんにお願いしてかなりデカい磁石買ってもらって、休みの日は朝から夕方のチャイム鳴るまで砂鉄集めてた。その頃《ころ》に集めた砂鉄は今も部屋にあるよ」

「こんど写真見せて！」

「分かった。なんだかあの頃《ころ》の努力が捨てられなくてさ。あとは……あの子たちみたいに池に石を延々と投げたり？」

俺は小さな池のほうで石を投げている子どもたちを見た。

吉野《よしの》さんはそれを見ながら、

「あれ……真ん中の大きな石に、小さな石を入れようとしてるの？」

「そうそう。江戸《えど》時代かな？　なんか殿《との》さまがはじめた占《うらな》いで、この公園の名物なんだよ。石は周りに沢山《たくさん》落ちてさ、それを真ん中の大きな石のくぼみに入れられたら、願いが叶《かな》うってヤツ。なんたら将軍は、それで戦いに勝ったらしいよ」

「やりたい！」

「じゃあ行こうよ。あれ地味にハマるよ」

「楽しそう！」

吉野《よしの》さんはゆっくりと歩いていたけど、突然《とつぜん》スキップするみたいに小さく飛《と》び跳《は》ねてその場でくるりと回った。メッシュが入った髪《かみ》の毛《け》がふわりと広がってめちゃくちゃ可愛《かわい》い。

この公園は、大昔誰《だれ》かお殿《との》さまの庭園だったらしく、公園内には日本庭園が残されている。

その一部が、この『願い石の池』だ。でもこの池、結構大きくて、真ん中にある巨大《きょだい》な石……『願い石』まで10メートルある。池の外部分には大小ふくめて大量の石が置いてあって、休日となると、その石を投げる人たちで混雑するレベルだ。当然中心の石付近には石の山ができるんだけど、公園の管理者の人が定期的に周りに戻《もど》すので、石は豊富にある。

吉野《よしの》さんは足下《あしもと》にあった石を掴《つか》んで、俺の方を見て目を輝《かがや》かせた。

「これを、あそこに？」

「そうそう」

吉野《よしの》さんは石を持って、上から思いっきり投げた。

「ん……ショ――――!!!!　あれ？　ちょっとまって、全然届かないんだけど」

石は無情にもかなり近くにポチャンと落ちた。

俺は軽く頷《うなず》く。

「これわりと難しいんだよ。俺も高校受験の時に来てトライしたんだけど……」

足下《あしもと》に転がっていた石を摑《つか》んで立ち上がってヒョイと投げると、石は真ん中にある願い石の中心にコツンと入った。

「あれ。入った」

「えええええ?!　辻尾《つじお》くん、すごい、嘘《うそ》、なんで?!」

吉野《よしの》さんは俺の腕《うで》にしがみついてピョンピョンと飛《と》び跳《は》ねて叫《さけ》んだ。おお、一発で入った……！　周りにいたカップルや子どもたちも拍手《はくしゅ》して讃《たた》えてくれた。

いやいや。俺は慌《あわ》てて、

「いや、実は高校受験するときに、通りかかるたびになんとなくやってたんだよ」

「え、先生。コツを教えてくださいっ！」

吉野《よしの》さんは俺の横で両手をギュッと神様に祈《いの》るように合わせて真剣《しんけん》な表情だ。

やっぱり基本的な性格が真面目すぎて面白《おもしろ》い。

たかが石投げで……と思うけど、投げて入らないと若干《じゃっかん》イラッとするのは分かる。

吉野《よしの》さんの後ろでは子どもたちがムキになって石を投げまくっているし、なんなら親もムキになっている。遊ぶなら夢中で、本気になったほうが絶対楽しい。

俺は足下《あしもと》に転がっていた石を吟味《ぎんみ》して吉野《よしの》さんに見せる。

「まず石なんだけど、大きさは4センチ×2センチくらいで、重いほうがいい。形は丸いほうがいいかな。慣れると四角でもいける。それで立つ場所と、立ち方なんだけど……」

「先生ちょっとまって、一気に言わないで。だめな先生の特徴《とくちょう》だよ。内田《うちだ》先生を思い出してよ、全部一気に言うヤツ！」

「……ん。分かった。ここで引き合いに出される内田《うちだ》先生に若干《じゃっかん》同情するけど」

確かに内田《うちだ》先生は、あれもこれもそれも一気に言う。それをヤラれてる時はイラッとするのに、言われてみないと意識しないもんだなあ。吉野《よしの》さんは、

「4センチくらい？　それでちょっと重たいの？　う――ん、待ってね、待ってね。無いなあ。これは軽いもんなあ。これは小さい」

と言いながらピョンピョンと移動している。

時間はお昼過ぎで、実はこの公園、休日になると朝から石投げをしている子たちがめぼしい石を願い石に投げてしまって、小さい石か、欠けている石、かなり大きいか、軽い石しか残ってない。俺が投げたのも良《い》い石が半分に割れたものだったけど、慣れてるから少し強めに投げた。これも経験で、そんなこと全くない吉野《よしの》さんに言っても仕方ないわけで。

吉野《よしの》さんはピョンピョン、ウサギ跳《と》びみたいな状態で移動して、かなり遠くまで行った。ピョンピョン跳《は》ねるたびに髪《かみ》の毛《け》がアホ毛みたいに動いてて、それがすごく可愛《かわい》い。

挙げ句の果てには、良《い》い石がないのか、土の中に指を突《つ》っ込んでいる。さっき図書館で見た時、ピンク色に可愛《かわい》く塗《ぬ》られていた気がするけど、大丈夫《だいじょうぶ》なんだろうか。

そしてほじほじと石を取りだして、泥《どろ》だらけの指で石を摑《つか》んで俺に見せた。

「辻尾《つじお》くん、これは？」

「いいと思う。じゃあそれを、放物線を意識したほうがいいよ。投げつけるんじゃなくて、あの石より少し遠くに落とすみたいな感覚なんだ」

「ちょっと待って、ちょっと待って。その前にドコに立てばいいの？」

「そっか。うーん、じゃあ俺が立った所は？」

「そこにするっ！」

吉野《よしの》さんは石を持って、さっき俺が立っていた場所に立った。

そして足を水際《みずぎわ》ギリギリに置いて、腰《こし》をかがめて、腕《うで》を何度もフイ、フイ……と動かして、

「向こうに、落とす！」

と言って投げた。

その石は放物線を描《えが》いて、ものすごく近くにポチャンと落ちた。

むしろ高く投げすぎてその水しぶきが吉野《よしの》さんの顔にボチャンと飛んできた。

吉野《よしの》さんは俺の方を見て、

「……リベンジする」

「……あははは、あはははははは!!」

俺の方を見た吉野《よしの》さんの顔は池の水で濡《ぬ》れていて、目は完全に据《す》わっていて、口を一文字に結んで、むっすりとしている。

眉間《みけん》に皺《しわ》がよっていて、完全にふてくされた子どもだ。こんな吉野《よしの》さん見たことない。

吉野《よしの》さんはハンカチを取りだして顔を拭《ふ》いて立ち上がった。

「もっかい――――!」

と石を探しに移動をはじめた吉野《よしの》さんに向かって俺はスマホを見せた。

実はさっきから通知がきている。

「もうとっくにマックができてるみたいだけど」

「あっ……そうだった。ご飯頼《たの》んでたんだっけ。完全に忘れてた」

「もし良かったら、俺が取ってこようか?　あっちにベンチあるから、そこで食べる?」

「お願いしていいの?!　うれしい。私、もっと遊びたいの」

そう言って吉野《よしの》さんは目を輝《かがや》かせた。

もっと遊びたいの。学校でもそうだし、勉強してる時もそんなカケラも見えなかった。

でもそんな吉野《よしの》さんが俺は可愛《かわい》くて仕方がない。

俺はその場を離《はな》れてマックを取りに行った。

マックで注文を受け取って願い石の所に戻《もど》ると、吉野《よしの》さんはまだ石をせっせと投げていた。たくさんの石を拾ってから投げる作戦に変更《へんこう》したのか、左手に石を握《にぎ》って、右手で「エイ」と投げている。ピョンピョン跳《は》ねている後ろ姿も必死で、可愛《かわい》すぎる。

「吉野《よしの》さん、マック持って来たよ」

その声に吉野《よしの》さんは振《ふ》り向《む》いて、

「わあ、ありがとう、ごめんね、取りに行ってもらって」

「全然良《い》いけど……どう？」

「ぜんっぜん無理だよ辻尾《つじお》くん！」

「あははは！」

ぜんっぜんと言うときに顔を歪《ゆが》ませて目を固く閉じて首をブンブンと横に振《ふ》る顔が可愛《かわい》くて思わず笑ってしまう。吉野《よしの》さんは「むうう」と口を膨《ふく》らませて右腕《みぎうで》の二《に》の腕《うで》を左手で揉《も》みながら、

「あの石にかすりもしないよ。もう腕《うで》が痛くなってきちゃった――」

「そんな、ちょっとまって大丈夫《だいじょうぶ》？　投げすぎだよ。ってこんな言葉久しぶりに言った」

「見て！　爪《つめ》に泥《どろ》がすっごく入っちゃったー」

そう言って俺に見せた指先の爪《つめ》に泥《どろ》が入ってしまっていた。せっかく桜色に可愛《かわい》く塗《ぬ》られてるのにその奥に黒い泥《どろ》が入っているのが見える。

あまりにも本気すぎる。まだ諦《あきら》めきれない吉野《よしの》さんは持っていた石を全部なんとなく葉の下に隠《かく》して（必死に探したらしい）歩き始めた。

また後でトライするらしい。宝物を隠《かく》すネコのようで可愛《かわい》くて仕方がない。

吉野《よしの》さんはトイレで念入りに指先を洗って出てきた。

その口はまだ尖《とが》っていて、完全に不満げ。真面目と本気が入り交じっていて笑ってしまう。

でもお腹《なか》はすいたようで、キョロキョロと見渡《みわた》して空いたベンチを見つけて笑顔《えがお》になった。

「空いたよ、行こう！」

「……うん」

俺は目を細めた。公園の新緑と、どうやら楽しいとすぐにスキップする吉野《よしの》さんが愛おしい。

吉野《よしの》さんはベンチに座ってハンバーガーを取りだして、大きな口でパクリと食べた。

「ん～、いつも適当にコンビニのおにぎりをひとりで食べてたから、嬉《うれ》しい」

口の横にケチャップが付いたので、俺は袋《ふくろ》から紙ティッシュを取りだして渡《わた》した。

吉野《よしの》さんはそれを受け取って、もう一口大きな口をあけて食べた。

どうやらかなりお腹《なか》がすいていたようで、ハンバーガーふたつを一気に食べて、持っていたい・ろ・は・すオレンジ味を飲んで、やっと落ち着いたようで息を吐《は》いた。

俺はチキンナゲットを食べながら、

「日曜日はいつもこんな感じ？　朝から勉強してお昼食べて……みたいな？」

「もちろんこんな風に遊んだのははじめてだけどね。日曜日は朝早く家を出たいの。うちのお母さんが国会議員目指してる話はしたよね？　政治家は支援《しえん》者が命。支援《しえん》者がどれだけ多くて強いか……が大切なの。日曜日はその人たちが家に来る日で、朝九時からチャイムがピンコンピンコン鳴るの」

「それは騒《さわ》がしいな」

朝から誰《だれ》か家に来るなんてげんなりしてしまう。

休日のうちの朝と昼ご飯はセルフサービスで、のんびりすごすことになっている。

吉野《よしの》さんは食べ終わってゴミをクシャクシャッとまとめて、

「ね。早すぎだよね。家にいると『皆《みな》さんにご挨拶《あいさつ》に来なさい』って言われるから、勉強してくるって言って毎日八時に出てるの。イヤだよ、ほんと。朝の九時までに優等生メイクして、家なのにシャツ着てパンツ穿《は》いて、髪《かみ》の毛《け》きっちりして、朝から市の問題について討論するの」

「げ」

「『げ』でしょ。でもね、妹の友梨奈《ゆりな》はそれを完璧《かんぺき》に、何年も、ずっとずっと続けてるの。何一つ文句言わないで、むしろ楽しそうに当然のように参加するの」

そう言って吉野《よしの》さんはポテトを食べた。

俺はふと思い出して、

「LINEのアイコンに一緒《いっしょ》に写っている子？」

「そう。友梨奈《ゆりな》。ひとつ年下なんだけど、高校は春高《はるこう》なんだよ」

「げ。偏差《へんさ》値78の国立」

「そこに去年トップ入学して、医者を目指してるの。私の家ね、お父さんが幼稚園《ようちえん》の時に病気で死んじゃったの。友梨奈《ゆりな》はそこからずっと医者を目指して勉強してる」

「へえ、なんかすごいけど……正しすぎて息苦しそう」

俺がそう言うと吉野《よしの》さんはきょとんと目を丸くした。

俺はハンバーガーを食べながら続ける。

「お母さんが政治家目指してて、妹はお父さんのことを思って医者になりたいって、みんな正しすぎるじゃん。どんな環境《かんきょう》なんだろうと思ってたけど、それはきついな。だってみんな正しいもん。文句のつけようがない。たぶん皆《みな》がすげー頑張《がんば》ってるんだろ？　だから弱音も吐《は》けない。何も悪くない。吉野《よしの》さんはスゲー頑張《がんば》ってる、そう大声で言っていいよ」

うちは母さんが口うるさいけど、父さんはのんびりしてるし、全体的に俺の味方だと思う。

この前遅《おそ》くなった時も「もう高校生だ。陽都《あきと》の話を聞け」と母さんに言ってくれた。

それに俺にはばあちゃんという最強の味方がいる。俺がどんなになっても、ばあちゃんがいれば……そう思っている所はある。

絶対味方だから、そこに行けば大丈夫《だいじょうぶ》。

そう思えるから強気に出られるんだ。

それなのに吉野《よしの》さんの周りは、吉野《よしの》さんより頑張《がんば》ってる人ばかり。弱音を吐《は》くこともできない。そんなの絶対にツライって分かる。小学生の時に月曜から金曜日まで習い事してたのも、この環境《かんきょう》が大きいんだろう。

ポテトを食べようと手を伸《の》ばしたら、袖《そで》をぎゅっと握《にぎ》られた。

顔を上げると、吉野《よしの》さんが前を見たまま、動きを止めていた。

……ん？　腕《うで》を掴《つか》まれたまま前に出ると、吉野《よしの》さんの大きな瞳《ひとみ》からボロボロと涙《なみだ》がこぼれ落ちて、一緒《いっしょ》にマスカラも、アイシャドーも、ラメファンデも、つけまつげもボロボロと顔から滝《たき》のように流れ落ちていく。

俺は慌《あわ》てて立ち上がった。

「あ——っと、ちょっとまって。ティッシュあるから」

「抱《だ》っこ」

「えっ」

「甘えてもいいって言った」

「は、はい」

「もう全部取れててイヤだから、隠《かく》して、ブサイク！　抱《だ》っこ!!」

「はい！」

もやは甘えているのか、キレているのか分からない。

俺は慌《あわ》てて着ていたシャツを脱《ぬ》ぎ、吉野《よしの》さんの頭にかけて、そのまま前に立った。目からぽろぽろと涙《なみだ》が落ちていて、何かしてあげたくて、シャツの上から吉野《よしの》さんの頭に触《ふ》れて、ゆっくりと撫《な》でた。

ここは願い石の神社に近いので、たくさんの人が池の近くにいる。

その人たちが吉野《よしの》さんに気がついて「泣かせて……」「こんなところで……」という顔で俺たちを見ている。

ああ……そんな……泣かせるつもりはなかったんです……。

吉野《よしの》さんの今を想像したら、キツそうだなって、そう思って素直《すなお》に口に出しただけなんです。

吉野《よしの》さんは俺のシャツの中に頭を入れたまま、涙《なみだ》を拭《ぬぐ》わず泣き続けた。

声を出して泣くような派手な泣き方ではなく、ただ目からこぼれ落ちる涙《なみだ》をそのまま落としている……そんな泣き方だった。

そして数分後に泣《な》き止《や》み、俺はその顔を上からチラリとみて……思わず目を逸《そ》らした。

吉野《よしの》さんは俺のシャツに頭を包んだ状態で「むう」と睨《にら》んで、

「顔見て笑った。ひどい」

「……いや、あのさ。つけまつげが頬《ほお》にぶら下がってるんだ」

「えっ」

吉野《よしの》さんは慌《あわ》てて自分の頬《ほお》に触《ふ》れたが、それは反対側。

俺は自分の頬《ほお》を指さして知らせた。吉野《よしの》さんはそれを手に取って「むう」と唇《くちびる》を尖《とが》らせた。

その顔を見て俺は、

「付け直す？　アイラッシュ持ってる？」

「……なんでそんなにお化粧《けしょう》に詳《くわ》しいの」

「風俗《ふうぞく》店で働いてる女の子たちに買い物に行かされるんだ。アイラッシュもこの前買いに行った。おつりを全部くれるからソレ目当て」

「……全部持って来てるから、そのまま待ってて。直すもん」

そう言って吉野《よしの》さんは俺にシャツを持たせて、その包まれた空間で器用にメイクを直していった。

たっぷり時間をかけて、吉野《よしの》さんは化粧《けしょう》道具を戻《もど》して、俺のお腹《なか》の前の服を引っ張った。

「……直った」

「じゃあシャツ戻《もど》して良い？　さすがに腕《うで》が疲《つか》れた」

「どう考えても辻尾《つじお》くんが悪い。ぜったいに辻尾《つじお》くんが悪いんだから！」

「おけ、もう言わない。時間がわりとないからさ、食べたら行こうか」

吉野《よしの》さんは俺の言葉を聞いてスマホを見て目を丸くした。

「わ――……、ごめんなさい。もうこんな時間だ」

「大丈夫《だいじょうぶ》？　間に合う？」

「もう全部詰《つ》め込んじゃうっ、行こっ！」

吉野《よしの》さんはパクパクパクッと残ったものを食べて立ち上がった。そして俺の方を見て、

「……今日はすごく楽しかった。来週も、こんな風にすごしたい、石が入れられなかったのがすっごく悔《くや》しいの。夢に見そう」

「うん」

「私、学校なんて大嫌《だいきら》いだったけど最近は実行委員があるし、屋上もあるから、毎日楽しいの」

まだ目が少し赤い吉野《よしの》さんは俺のほうを見ずにポツポツと気持ちを吐《は》き出《だ》すように言った。

俺は吉野《よしの》さんの顔をのぞき込んで、

「また一緒《いっしょ》に来よう」

と伝えた。

すると、真っ赤な目を細めてゆっくりと吉野《よしの》さんが微笑《ほほえ》んだ。それは冷凍庫《れいとうこ》の一番奥にあった氷が、ゆっくりゆっくり溶《と》けるように。

俺たちは手を繋《つな》いで公園から出て、バイト先に向かった。

# 第９話　汚れた爪先

夜九時のトランクルームの中はキンキンに冷えていて、春なのに真冬のように寒い。

「このウイッグ、そろそろ洗いたいな。もうパサついてきちゃった」

私は今日装着した黒に水色のインナーカラーが入っているウイッグを外しながら呟《つぶや》いた。

触《ふ》れると、いつもと違《ちが》う埃《ほこり》っぽさを感じた。きっと石を投げるところでずっと遊んでいたからで……思い出して少し笑ってしまう。

ウイッグをズレないようにかぶるためにメッシュのカバーをかぶっていて、それだけで地肌《じはだ》にいつもの倍の汗《あせ》をかいている。そこにウイッグの埃《ほこり》っぽさがプラスされて臭《くさ》いと思われたくないから、来週バイトに行く前に漫画喫茶《まんがきつさ》で洗おう。

私はすぐにスマホを立ち上げて、漫画喫茶《まんがきつさ》のシャワールームを予約した。

ウイッグはシャンプーで丁寧《ていねい》に洗って乾《かわ》かすのが大切なんだけど、変身していることを絶対に知られたくないので家では洗えない。

最初に考えたのは銭湯だったけど、銭湯でウイッグを洗って良いのか分からないし年配の方が多いから驚《おどろ》かれそう。どうしようと考えて思いついたのが漫画喫茶《まんがきつさ》にあるシャワールームだった。あそこは追加料金なしで、シャワーを使うことができる。それに気がついてから週に一度は行き、ウイッグを洗っている。前は一ヶ月に一度だったけど、今は毎日でも洗いたい。

「この服も埃《ほこり》っぽいから、洗濯《せんたく》しないと」

そう言って私は今日着た服をビニール袋《ぶくろ》に入れた。中には数枚バイトの時に着ていた服が入っている。どれも胸元《むなもと》が大きく開いたり、丈《たけ》が短かったりして『優等生な吉野紗良《よしのさら》』が着る服ではない。今日着たVネックの白いセーターを買ったのは一年前。恒例《こうれい》の食事に連れ出されて、その帰り道だった。

今も、この服を買った日のことを覚えている。

あの日も食事会で今日みたいに暑い日だった。

友梨奈《ゆりな》はそのまま塾《じゅく》にいき、私は涼《すず》むためにデパートの中を歩いていて、このVネックセーターとミニスカートが飾《かざ》ってあるのを見つけた。すごく可愛《かわい》くて見ていたら店員さんに「試《ため》しに着てみませんか?」って言われた。

でも戸惑《とまど》った。あまりに派手で、今まで着たことがない服で。

躊躇《ちゆうちよ》したけど、カバンの中で議員さんに渡《わた》された封筒《ふうとう》が何封《ふう》も転がっているのが見えた。

議員の人たちと食事をすると『交通費』。

これは「また今度よろしくね」のお金だと私は理解していた。

私たちは議員の人に呼ばれて、商店街のイベントで司会をするとか、地元の飲み会でお酒を運ぶとか、そういうコンパニオン的なことをさせられていた。それが嫌《いや》だったけど、お母さんが頑張《がんば》ってるから、お手伝いするのが当たり前で言えなくて。

このお金を使ってしまおうと思った。

試着すると、黒髪《くろかみ》の私には全然似合わなかったけど、店員のお姉さんがウイッグをその場で貸してくれた。ベージュの髪《かみ》の毛《け》にVネックの白セーター、それにお店の人が楽しんでしてくれたギャルメイク。どんどん別人になっていくことが楽しくてその場で全部買った。

そして家に持ち帰って並べて、もう一度着て鏡の前で興奮した。

私が私じゃない。

違《ちが》う。正確には『お母さんに望まれてない姿をしてるのに楽しそうな私』がいた。私が当時着ていたのはお母さんが好きそうな服だけだった。白のシャツ、地味なパンツ。お母さんがそれを見て「良《い》いわね」と言われたら同じ服を二枚買った。家でも制服を着ているような毎日。一度、少しだけ派手な服を買ったら「良《い》いけど……この服を着て支援《しえん》者の人と食事ができるの？」と言われた。

それを思い出して青ざめた。

こんなの家に置いておけないよ、怒《おこ》られちゃう。こんなの吉野紗良《よしのさら》じゃない。

私は旅行用のキャリーバッグを引っ張り出してその中に入れた。それが全ての始まり。

最初はキャリーバッグを持ち出して変身してたんだけど……すぐにお母さんに「最近それを持ってどこに行ってるの？」と聞かれた。

そりゃそうだ、これ以上は無理と察した。でも変身して外を歩く快感を覚えてしまった私は歯止めがきかず、トランクルームに移動させた。

ここは昔お父さんが使っていたギターや楽譜《がくふ》を置くために借りた場所だ。お母さんはお父さんが楽器が好きなのを「時間の無駄《むだ》」だと言っていた。でも捨てられないお父さんがここにすべてこっそり移動させてたのを私は知っていた。

交通費として渡《わた》されたお金は、すべてここにつぎ込んだ。

友梨奈《ゆりな》は勉強のために使ってるのに、私は現実逃避《とうひ》するために使っている。

悪いことだ、ダメなことだ、でも気持ちがよくて止められない。

悪意なき正しい世界で、別人になる時間だけが私を救っていた。

でも辻尾《つじお》くんは、私が悪いと思ってる行為《こうい》をすべて認めて、褒《ほ》めてくれた。

マニキュアを落とすために、指先を除光液が含《ふく》まれたコットンで拭《ふ》いていたら、まだ泥《どろ》が入っていて少し笑ってしまった。指先を泥《どろ》の中に入れたのは、はじめて。こんなに落ちないのね。

……今日は本当に楽しかった。来週も会う約束をしたのが、本当に嬉《うれ》しい。

私は家に帰る用の地味な服を着ながら微笑《ほほえ》んだ。辻尾《つじお》くんももう家に帰ったかな。今日の話もしたいし、LINEしてみようかな。

……まさかこんなに辻尾《つじお》くんが私のなかで特別な存在になると思わなかった。

辻尾《つじお》くんのクラスの印象は「中園《なかぞの》くんの親友」だった。中園《なかぞの》くんは一年生の時から有名人で陽キャなイケメンで物事をはっきり言う顔出しゲーマー。その中園《なかぞの》くんの横にいる地味で全く目立たない子。それが辻尾《つじお》くんの印象だった。

でもその評価は、繁華《はんか》街で私を助けてくれた時に一変した。

辻尾《つじお》くんは、あの大人ばかりの街を勝手知ったる顔で生きていてすごくカッコ良くて、ギャップにドキドキした。

そして変身して好きに生きている私をすぐに受け入れてくれた。

学校で素の私になるのは、絶対に許されない。お母さんをこっそり裏切るのが気持ち良くて、ざまあみろって思えるから、辻尾《つじお》くんを軽い気持ちで誘《さそ》った。

少しだけある背徳感、最高に気持ちが良《い》い。声をかけたのはそんな軽い気持ちだったのに、辻尾《つじお》くんが実行委員に立候補してくれた。

あのときは冷静な表情をなんとか保ったけど……実はトイレで泣いてしまった。

踏《ふ》み越《こ》えてきてくれた、私のところに、学校の私のところに、近づいてきてくれたんだ。

変身して好きに生きてる私を知っていて、それでも学校の私に近づいてきてくれた。

それは私の中が派手に破壊《はかい》されるほど、自信に繋《つな》がることだった。

だってずっと「悪いことをしてる」と思ってきたから。

たぶんあの瞬間《しゅんかん》に、私は辻尾《つじお》くんを好きになった。

辻尾《つじお》くんも私のこと好きだよね？　ドキドキしてほしい。私を好きになって、もっと好きになってほしい。

表の私も裏の私も全部好きになってほしいの。

……でも、私が好き勝手に恋愛《れんあい》することを、お母さんはきっと良《い》いと思わない。

議員は一代では意味がない。二代三代と地盤《じばん》を引《ひ》き継《つ》ぎ支援《しえん》者を増やし、できることを増やしていくのが当然の世界だ。だから跡継《あとつ》ぎになる子には品行方正であり、問題がない恋愛《れんあい》と結《けっ》婚《こん》をしてほしい……多くの政治家がそう願っている。

そんな中、友梨奈《ゆりな》は今、ご飯の会で知り合った市議会議員の息子《むすこ》と付き合っている。

その優秀《ゆうしゅう》すぎる選択《せんたく》はお母さんを喜ばせた。そして、

「紗良《さら》も好きな人がいないなら早めに結婚《けっこん》したらどう？　早めに子どもを産んでからしたいことを探すのも良《い》いと思うのよ。いつだって良い人を紹介《しょうかい》するわ」

と笑った。

その話を聞いて鳥肌《とりはだ》が立った。

お母さんは今、大学に保育所を作る活動をしている。少子化解消のために早めに子どもを産み、しっかり働こう。お母さんの公約のひとつだ。お母さん自身私たちを産むのが遅《おそ》くなって社会復帰が遅《おそ》くなったことを後悔《こうかい》しているらしいから『本音』なのだろう。

大学に保育所があるのは別に良《い》いのだ。それは良《い》い活動だということは分かる。

ただ、私をお母さんの公約の一部に利用されるのは我慢《がまん》できない。

そう強く思うのに、その反面。

『見捨てられたくない』

その気持ちが好き勝手に吐《は》きたい言葉を、沼《ぬま》の奥底に沈《しず》める。

これ以上できない娘《むすめ》だって、利用価値がない、使えない娘《むすめ》だって思われたくない。

常に先を読んで嫌《きら》われないように考えて必死に動く。それはダメな人間だと思われたくないから、必要とされたいから。少しでも大切な娘《むすめ》と思ってほしくて。

頑張《がんば》れば頑張《がんば》るほど、増えていくボランティアに頼《たの》まれる仕事。これで良《い》い？　これで合ってる？　合格かな？　でも得意じゃない、才能もない、好きじゃない、できない、でも……。

「何も悪くない。吉野《よしの》さんはスゲー頑張《がんば》ってる、そう大声で言っていいよ」

辻尾《つじお》くんはお昼の公園でそういった。

頑張《がんば》りたい、お母さんに認められたい、でももう頑張《がんば》れない。

この矛盾《むじゅん》した答えがないどうしようもない苦しい、とげとげした部分に辻尾《つじお》くんが触《ふ》れた。

それはとても優《やさ》しく温かい手で、とりとめもなくグチャグチャになっている私の気持ちに触《ふ》れた。

喉《のど》を震《ふる》わせて、誰《だれ》もいないトランクルームで口に出す。

「私、すごく頑張《がんば》ってる」

そう大声で、自分に言いたかった。辻尾《つじお》くんが言ってくれた。

私、すごく頑張《がんば》ってるよ。

ポロポロと流れ出る涙《なみだ》が止まらない。

辻尾《つじお》くん、色んな人たちに囲まれて悪い人も、良《い》い人も、たくさん知ってるから、優《やさ》しいんだと思う。人を許す幅《はば》が広いのね。どんな私も否定しない。こんなのはじめて。

私は変身の為《ため》に着た服がたくさん入っているビニール袋《ぶくろ》を抱《かか》えて、その場で丸くなって座り込んだ。床《ゆか》はコンクリート打ちっぱなしで氷のように冷たい。

私はあふれ出す涙《なみだ》をそのままに上を向いた。

ねえ、私をもっと好きになってよ、辻尾《つじお》くん。

もっともっと好きになって。

穢《けが》れていく私を、誰《だれ》より愛してよ。

抜《ぬ》け殻《がら》の私がたくさん入ったビニール袋《ぶくろ》をギュッと抱《だ》きしめた。

# 第10話　もっと、もっと

「ういっす、陽都《あきと》おはよ」

「中園《なかぞの》おはよ。いや、目が開いてねーぞ」

「月曜日は、ま――じで無理だな。日曜の夜に大会戦が多すぎて朝キツすぎる」

中園《なかぞの》はそう言って前の席に座って、すぐに机に倒《たお》れ込んだ。

天パーの茶髪《ちゃぱつ》はいつも以上にモサモサで、そのまま家から出てきた感がすごい。

それでもクラスの女子や、廊下《ろうか》には中園《なかぞの》を見ている子たちが大勢いるのをみると、さすがファンを抱《かか》えたゲーマーは違《ちが》うなと思う。

スマホをいじってると、ふわりとミント……いや、塗《ぬ》るタイプの湿布《しっぷ》の匂《にお》いがした。

陸上部に入ってた時、塗《ぬ》っていたから分かる。今もバイトがメチャクチャ忙《いそが》しかった時は足が痛くなるので塗《ぬ》っている。なんか筋肉が熱くなって気持ち良いんだよな、あれ。

匂《にお》いの方向を向くと横に吉野《よしの》さんが立っていた。

「辻尾《つじお》くん。おはよう。お昼の実行委員、活動場所が陸上競技場に変更《へんこう》になったそうです」

「あ、わかりました」

と頭を下げた。

クラスのやつらは「誰《だれ》と誰《だれ》の仲がいい」のか常にチェックしてる。目立つとすぐに噂《うわさ》が立って面倒《めんどう》なことが増えるから「委員会仲間」の距離《きょり》をしっかり保ったほうが良《い》い気がする。

するど前の席で眠《ねむ》っていた中園《なかぞの》が顔を上げた。

「……この匂《にお》い……湿布《しっぷ》じゃね？」

その言葉に吉野《よしの》さんは立ち止まる。

「すいません、昨日少し運動をして、その結果腕《うで》と背中が筋肉痛になったので朝塗《ぬ》ったんですが、結構匂《にお》いますね」

俺はその言葉を聞いて唇《くちびる》を噛《か》んでうつむいてしまった。

昨日運動。腕《うで》と背中。それって願い石の所で延々と石を投げたせいでは？

それで筋肉痛になって湿布《しっぷ》を塗《ぬ》ってきたの？　俺は面白《おもしろ》くてニヤける口元をなんとなく右手で隠《かく》すことで誤魔化《ごまか》す。

中園《なかぞの》はクンクンと鼻を鳴らして、

「いやごめん。陽都《あきと》が塗《ぬ》ってるんだと思って言っちゃった。てか匂《にお》いがない湿布《しっぷ》もあるのに、女子で珍《めずら》しくね？　吉野《よしの》さんって運動のイメージないけど、何したの？」

「えっと……」

吉野《よしの》さんはうつむいて、少し目を左右に泳がせて、

「……テニスを、少し？」

と言った。

テニスを？　少し？

俺はその言葉を聞いて笑ってしまわないように、ただ目を閉じた。

石を池に投げる……どんなテニスだ。

目を閉じていると、テニスラケットを持って願い石の池で素振《すぶ》りをしている吉野《よしの》さんが浮《う》かんできて笑えてしまう。

吉野《よしの》さんがテニスをすると聞きつけたクラスメイトが走り寄ってきた。

「えっ、吉野《よしの》さんテニスするんだ？　じゃあ部活入らない？　テニス部員募《ぼ》集中《しゅうちゅう》だよ～」

「いえ、突発的《とっぱつ》にしただけで、そんなに上手ではないです」

「吉野《よしの》さん入ってくれたら男子部員も増えそう。今度体験！　どう？」

「考えておきます」

吉野《よしの》さんは丁寧《ていねい》に頭を下げて断った。

突発的《とっぱつ》にしたテニス。確かに突発《とっぱつ》的だった。「運動は好きじゃない」と言っていたので、本当はテニスなんてしないんだろう……状況《じょうきょう》が面白《おもしろ》くて仕方がない。昨日は三十分以上あの願い石の所にいた気がするし、本気で投げてたから、痛くなって当然かも知れない。

前の席の中園《なかぞの》も再び眠《ねむ》りはじめたし……とスマホに戻《もど》ると吉野《よしの》さんからＬＩＮＥが入った。

『笑ったな?!　朝起きたらすっごく痛くてね、お母さんにそれがバレて塗《ぬ》られたの！　こんなに匂《にお》うなんて知らなかったよ！　酷《ひど》くない?!　シャワー浴び直す時間もないし！』

女子高校生に匂《にお》いがある湿布《しっぷ》を問答無用で塗《ぬ》るのは少し酷《ひど》いかもしれない。

俺はスマホからチラリと顔を上げて一番前の右側の吉野《よしの》さんの席を見る。

吉野《よしの》さんは肩越《かたご》しに「むうう〜〜」と俺のほうを睨《にら》んでいた。

もうだめ、面白《おもしろ》すぎる。口が尖《とが》っていて無茶苦茶可愛《かわい》い。俺はすぐにLINEに、

『その表情、学校でして大丈夫《だいじょうぶ》なの？』

と打った。それを見た吉野《よしの》さんはスンッといつも通りの表情になりスマホに戻《もど》った。

『そんなに臭《くさ》い？』

『塗《ぬ》る湿布《しっぷ》はすげー匂《にお》うからそう言われただけ。わりと早めに匂《にお》い消えるし、痛みに効くからいいと思うけど』

『辻尾《つじお》くんがいいなら、いっかな』

そう答えて『ＯＫ！』とクマさんが踊《おど》るスタンプが押された。

俺がいいなら、いいって。なんだかその言葉がすごく嬉《うれ》しくてもう一度吉野《よしの》さんのほうの席を見たら、吉野《よしの》さんも俺を見ていて目があった。

そして口元をにんまりさせて前を向いた。ああ、吉野《よしの》さんが可愛《かわい》すぎる。

「おお。こんな風に練習するんだ、知らなかった」

「私も知らなかった。でもよく考えたら、練習しないとできない内容かも」

「わ──、すっごい、学ランでスカート、ハチマキにリボン付いてる、かわいいい～～！」

昼休み。実行委員の仕事が陸上競技場になったと聞いて、吉野《よしの》さんと穂華《ほのか》さんと俺の三人で来たら、応援《おうえん》団の子たちが練習をしていた。

うちの学校はかなり大きな私立で小学校から大学まで同じ敷地《しきち》内にある。

敷地《しきち》がかなり広くて、演劇用のホールから野球場、陸上競技場まで色々あり、部活も豊富だしみんな強い。

体育祭を行うのは陸上競技場なんだけど、席の取り外しが自由にできる空間があり、体育祭の時はそこで吹奏楽部《すいそうがくぶ》、応援《おうえん》団、ダンス部の子たちが合同でチームを組み、応援《おうえん》合戦をする。

小学生のダンス部の子がタンバリンを持って踊《おど》っている姿が微笑《ほほえ》ましい。

体育祭が土曜日なのもあり、小学校中学校大学からも参加者がいて、年齢《ねんれい》の幅《はば》があるところがウチの学校……という感じがする。

衣装《いしょう》はダンス部が受注しているらしく、今年のテーマは『男女ミックス』。

上は学ラン、下はスカート、ピンク色のハチマキは後頭部で大きなリボンとして結ばれていて、それを揺《ゆ》らした女の子たちが楽しそうに踊《おど》っている。

男子は上がセーラー服で下がパンツで水兵さんのようだけどマントがついていてカッコイイ。

穂華《ほのか》さんは目を輝《かがや》かせて、

「うちの学校の衣装《いしょう》、私の所属事務所より絶対イケてる～～～」

「入ればいいじゃない。ここのダンス部有名よね？」

「マジでそのほうが青春できる気がしてきた。うちの事務所、所属してる子多すぎて扱《あつか》いが雑なんだよなあ。ええ——、マントしてるのに楽器ってカッコイイー！」

「確かに。あれはかっこいいな」

俺も頷《うなず》いた。

去年はただ体育祭というお祭りを見てただけだけど、こんな風に準備の工程を見ながら関わるのも楽しいと俺は少しずつ思い始めていた。

まあ俺たち実行委員はそんな花形ではなく、とにかく地味な仕事の連続だ。

「さて。はじめますよ。席にひたすら養生テープを貼《は》ります」

そう言って吉野《よしの》さんはIKEAの巨大《きょだい》な袋《ふくろ》から大量の養生テープを取りだした。

陸上競技場の席にひとつひとつナンバーが書かれてないので、養生テープを張って事前に席決めをする。ここは一階席から三階席まであって、中学の時陸上していた俺だって、こんな大きな所、県大会以上の場所だ。

「あああ〜、私もダンス部入ってあっちで踊《おど》る方が良かったああ……」

穂華《ほのか》さんは吉野《よしの》さんから養生テープを受け取ってうなだれた。

吉野《よしの》さんは微笑《ほほえ》んで、

「穂華《ほのか》、ダンスもっとしたいって言ってたから良《い》いんじゃないかしら。見学行ってみたら？」

「うん、なんか楽しそうって思う。あっちの練習してるほう、テープ係してきて良い？」

「いいわよ。階段気をつけてね」

「はあ――い！」

そう言って穂華《ほのか》さんは長い髪《かみ》の毛《け》を揺《ゆ》らして練習している応援《おうえん》団のほうに向かった。吉野《よしの》さんは一緒《いっしょ》に来ている実行委員の人たちにテープを渡《わた》して指示を出していく。俺もテープを受け取って……と思ったら、吉野《よしの》さんの制服のポケットから養生テープが入っていた小さな袋《ふくろ》がはみ出していた。そして動くたびにポロリと落ちる。

「吉野《よしの》さん、こっち側？」

「そうですね。プリントに担当箇所《かしょ》を記入してあるので確認《かくにん》してください」

指示を出しながら歩く吉野《よしの》さんのポケットからポロリ、ポロリと空の袋《ふくろ》が落ちてくる。

俺は少し楽しくなってそれを集めて後ろからついて行く。

「……あ。落ちてましたか、すいません」

それに気がついた吉野《よしの》さんが振《ふ》り向《む》く。

俺はそれを自分のジャケットのポケットに入れた。

「パンパンになってるから、戻《もど》ってあっちにあるＩＫＥＡの袋《ふくろ》に入れとくよ」

「そうですか。じゃあ、私のポケットに入ってる分も、お願いしますね」

そう言って吉野《よしの》さんは自分のポケットに入っていたゴミを取りだして、俺の制服のポケットに入れた。俺の手はまだポケットの中に入っていたのに、後から吉野《よしの》さんの手も入ってきて、ポケットの中でふたりの手が絡《から》まる。

「!!」

「よろしくお願いしますね」

そう言って吉野《よしの》さんは、俺のポケットの中で指を絡《から》ませた。

そして俺のほうを見て目を細めた。

俺はものすごくドキドキして、それでももっとこの手に触《ふ》れていたくて、指を数本ギュッ……と握《にぎ》った。すると吉野《よしの》さんから手を入れてきたのに、パッと俺の方を見て口を尖《とが》らせて、

「(もう!)」

と小さく言ってポケットから逃《に》げだして三階席の方に走っていった。

吉野《よしの》さんがしてきたから、俺もしたのに。していいのか、しちゃダメなのか分からない。

でもそれがいい。少し近づいて、でもダメで、でも触《ふ》れたくて。そんな時間が楽しい。

「うわ……懐《なつ》かしいな。グラウンド」

俺は久しぶりに下りた陸上のグラウンドで空を見上げた。今の時代、ここまで空が抜《ぬ》けて見られる場所は他にないと思う。木もビルも何もない。ただ広い空が広がっている。

走り終わったあとに、この空を見るのが好きで中学校の時は陸上部に入っていた。その部活

で盗撮《とうさつ》犯と疑われてそのまま不登校になり部活も辞《や》めた。でも走る場所をバイト先に変えただけで、正直そこまで未練はない。走っているのが気持ち良いだけで記録とか興味が無いし。

でも陸上競技場は上から見下ろすのと、下に立つのでは景色が全く違《ちが》う。

「辻尾《つじお》っち――、は――――い、ようぅぃ、ど――ん！　キャ――勝負――！」

スタートライン付近に立っていた俺の横を穂華《ほのか》さんが走っていく。

そして5メートルくらい前の所で「早く！　早く！」とジャンプしている。走ればいいのか？

俺は久しぶりにグラウンドを軽く走り始めた。

応援《おうえん》団が丁度テンポが良《い》い曲を演奏していて、気持ちが良《い》い。

足に伝わる感覚が『正しくて』背筋が伸《の》びる。

いつもゴミとかを避《さ》けながら走ってるから。

穂華《ほのか》さんの横に並んで軽く追《お》い越《こ》すと、どうやら穂華《ほのか》さんはわりと本気で走っていたようで「え――?!」と叫《さけ》んでいる。百メートルのゴール付近に吉野《よしの》さんが居たので、そこで止まると、ものすごく笑顔《えがお》で目を細めてくれた。

思わず手を出してハイタッチ……なんてしないけど、俺はすぐに立ち止まった。

その横を穂華《ほのか》さんが転がり込んでくる。

「ちょっと。めっちゃカモシカみたいに走るじゃん。足が速い～！」

「中学の時陸上部だったから」

「なんだー、パソコンオタクの陰《いん》キャっぽいから勝てると思ったのに〜！」

あーん疲《つか》れたと穂華《ほのか》さんはグラウンドに転がった。

その横に吉野《よしの》さんがきて、ちょこりと膝《ひざ》を抱《かか》えて丸まって座った。

「辻尾《つじお》くんはクラスで三番目に速いですから」

「えっ?! 地味顔なのにサギじゃん〜〜」

吉野《よしの》さんは目を伏《ふ》せて、

「足が速いのすごいと思う。私は……やっぱり苦手だな。そんなに好きじゃない」

「紗良《さら》っちはこれ以上何かできなくていいっしょー」

「そうかな」

「もう友梨奈《ゆりな》くらいになるとキモいよ。アイツ最近体操教室で、鉄棒グリングリン回ってる動画送ってきたんだけど、見た?」

「ハマってるみたいね」

「なにあれキモい。重力ぶっこわれてる。あ、知ってる? 私紗良《さら》っちの妹の友梨奈《ゆりな》と親友で愛し合っちゃってるんだけど、もう友梨奈《ゆりな》の鉄棒キモいの〜〜」

そう言って穂華《ほのか》さんはポケットからスマホを出して動画を再生してくれた。

それは身長より大きな鉄棒でグリングリン回ったあと、すぐに降りて問題集を解く……というよく分からない動画だった。ＬＩＮＥのアイコンでしか見たことなかったけど、動画で見ると吉野《よしの》さんによく似ていて、もう少し派手で、利発そうな子に見えた。

髪《かみ》の毛《け》も染めているし、吉野《よしの》さんより派手なのでは……？

いや、しかし……。俺は見ながら吹《ふ》き出《だ》した。

「変な人だな」

「でしょ――？　なんか鉄棒キメてるのか数学解いてるのか分からないんだけど」

問題集を見ると、かなり高度な問題を解いているのが分かった。なるほど。これが吉野《よしの》さんの完璧《かんぺき》な妹……友梨奈《ゆりな》さん。もっとキツそうな人を勝手にイメージしていたけど、取っつきにくい感じでもないのか。まさにパーフェクト。こんな人が身近に居たら……。

俺は横で一緒《いっしょ》に友梨奈《ゆりな》さんの動画を見て笑っている吉野《よしの》さんを見て思った。


「吉野《よしの》さん、おつかれさま」

「辻尾《つじお》くん！　待った？」

最近はバイト終わりに一緒《いっしょ》に途中《とちゅう》まで帰るのが日課になっている。

店の近くで待っていたら、今日はベージュのふわふわとしたウイッグにピンクのメッシュ、そして白のハイネックセーターにピンクのロングスカートを穿《は》いた吉野《よしの》さんが走ってきた。

夜の街で白が多めな服を着た吉野《よしの》さんは、その可愛《かわい》さもあって光って見える。

サラリーマンたちがチラチラと吉野《よしの》さんを見たのが気になって走り寄る。

「今日はすごく忙《いそが》しかった。写真騒《さわ》ぎでふたり辞《や》めちゃったの。募集《ぼしゅう》かけて今面接中だって」

「そうか」

ふたりしか辞《や》めなかったのは意外なくらいの事件だと思うけど、時給1800円は高校生にしては高いので理解できる。吉野《よしの》さんはカバンを肩《かた》にかけ直しながら、

「でも他の子も言ってたけど、そんなこと言ったらインスタに写真上げてるのだって全部アウトになるからさ、ネットに上げた時点で50%くらい諦《あきら》めないとって」

「いやいや。働いてない店に勝手に写真使われるなんて稀《まれ》だし、怒《おこ》っていいことだよ」

「えへへ。辻尾《つじお》くんが気がつかなかったらうちら永遠に載《の》せられてたよ。ありがとうね。今もバイト先で神様扱《あつか》いだよ」

「……はやめに気がつけて良かったよ」

とはいえ、オーナーの西沢《にしざわ》さんは他にも店をたくさん持っているので、また転載《てんさい》する気がしてたまにチェックしている。うちの店長がこってり絞《しぼ》ったと言っていたから大丈夫《だいじょうぶ》だと思いたいけど、三ヶ月もするとまたやり始めるんだ。

俺はふと思い出して、ポケットからスマホを取りだした。

「これ。学校のだけど……どうかな。良い感《い》じに編集できてると思うんだけど」

「ん？　なになに？」

信号待ちの交差点、吉野《よしの》さんは俺のほうに身体《からだ》を寄せてスマホ画面を見た。

それは今日バイトの空き時間に編集していた動画だった。吉野《よしの》さんがミシンで布を縫《ぬ》っているものだけど、真剣《しんけん》な表情で説明している吉野《よしの》さんがかなりカッコイイ。

そして手元もキレイに入っているし、なにより……最後に完成品を持って俺のほうに笑顔《えがお》を見せるシーンがすごく可愛《かわい》く撮《と》れた。

吉野《よしの》さんは俺の腕《うで》をぎゅっと掴《つか》んで、

「……ちょっと、なんだか恥《は》ずかしいですね」

と学校の話し方になった。俺はそれがなんだかものすごく好きで気になって顔を見ると、吉《よし》野《の》さんは恥《は》ずかしそうに目を逸《そ》らした。

信号が青になって歩き始める。

「……吉野《よしの》さんは、吉野《よしの》さんの良《い》い所がすげーあるって、動画で残そうと思ったんだ」

「え？」

「動画って誰《だれ》かに撮《と》ってもらわないと残らないだろ？　自撮《じど》りなんて自信があるヤツがすることじゃん。友梨奈《ゆりな》さんは分かりやすく派手だからみんな思わず動画に撮《と》りたくなる。でもこうやって学校の活動をしっかりしてるのって、残りにくいから、ちゃんと俺が残そうかなって」

そう言うと、背中のリュックが思いっきり引っ張られた。

歩き出そうとした動きと引っ張られた動きで膝《ひざ》がガクンとなる。うげげ！

交差点渡《わた》ったところで、吉野《よしの》さんが俺のリュックを両手でグイッと引っ張って立ち止まっていた。その表情は口を尖《とが》らせていてまっすぐに俺を見ていて……それでも全然怒《おこ》ってない、照れていて、嬉《うれ》しい……公園で会ったときの吉野《よしの》さんの表情だと分かった。

道の真ん中だったので、そのまま列車ごっこのようにズルズル……と移動してみる。吉野《よしの》さんは俺のリュックを掴《つか》んだまま付いてくる。

俺は思わず後ろを見ながら、

「小学校の時、こういう遊びしてない……よな？　こうお互《たが》いのランドセルを持って電車ごっこ。俺は小学校の時にこれで巨大《きよだい》列車を作って先生にめっちゃ怒《おこ》られた」

「……ありがとう。動画、嬉《うれ》しい」

そう言って吉野《よしの》さんは俺のリュックをグイッと引っ張った。

その反動でひっくり返りそうになるが、なんとか体勢を保つ。

左肩《ひだりかた》のすぐ後ろに吉野《よしの》さんがいて、まだ口元を尖《とが》らせている。嬉《うれ》しいことがあると尖《とが》る口って面白《おもしろ》いな。

歩きだそうとしてもカッチリとリュックを掴《つか》まれていて前に進めなくて笑ってしまう。

「もうこのまま、帰る？」

「……電車、する」

「おっけー。じゃあそのまま持ってて。あー……中央本線、左側のドアが閉まりまーす。ご注意ください」

「……そこまで必要？」

「やったほうがいいのかなって」

「発車してください」

背中のリュックを吉野《よしの》さんが摑《つか》んだまま俺たちは夜の街を歩き始めた。

それを見たサラリーマンたちが「おお？　いいねえ、俺たちも社畜《しゃちく》列車するかあ～～」と酔《よ》っ払《ばら》って肩《かた》を摑《つか》んで踊《おど》り始めた。「先輩《せんぱい》それジェンカっすよ～おえええ飲んで跳ぶのマジアウトっす」と若い男の子が叫《さけ》んでいる。ジェンカ懐《なつ》かしすぎる。きっと吉野《よしの》さんはそういうのを、全然してないというか、してきても……心の底から楽しむことはできなかったのかな。俺は速度を弱めて、吉野《よしの》さんの方を向いて、

「もし良かったら、もっと遊ぼうよ、子どものころの遊び。なんか聞いてると、何もしてないっぽいじゃん。色々あるじゃん。願い石はもうやったから」

「全然ダメ。あれ全然できてない。また今週も、だからね！」

そう言って吉野《よしの》さんはリュックから手を離《はな》して俺の横にきた。

そして髪《かみ》の毛《け》を耳にかけて、

「うん。辻尾《つじお》くんともっと遊びたい。子どもの遊び、たくさんしたい。何もしてきてない。……まだ間に合うかな？」

「間に合うよ。俺たち高校生じゃん。まだ子どもだよ。まあ、社会人でも一定数いるけどさ」

俺たちの前には酔《よ》っ払《ぱら》ったサラリーマンたちがジェンカを踊《おど》りながら駅に向かっている。夜の街にはああいうのばかりいるから、少し変な行動しても眉《まゆ》をひそめられない。俺はそんな所も好きだ。吉野《よしの》さんはサラリーマンたちを見て、

「あれ何？」

「フォークダンスだよ。中学校の後夜祭とかで踊《おど》らなかった？」

「そんなのなかったよ。楽しそう」

「たくさん一緒《いっしょ》に遊ぼう、秘密の親友だし？」

「……うん！　じゃあさっそく」

そう言って吉野《よしの》さんは俺の後ろに回って、リュックにギュッとしがみついた。俺が両足でピョンジャンプすると、吉野《よしの》さんもピョンとジャンプして前に進んだ。そうやって横断歩道をふたりでピョンピョンジャンプしながら進んだ。俺は肩越《かたご》しに後ろに声をかける。

「吉野《よしの》さん、白しか踏《ふ》んじゃダメなんだよ」

「えっ、なにそのルール」

「白以外踏《ふ》んだら負け」

「え～～？!　ジャンプして移動するには、幅《はば》が結構キツくない？」

そう言って吉野《よしの》さんは、キャーキャー騒《さわ》ぎながら俺のリュックにしがみついた。そして横断

歩道を渡《わた》りきって、俺の腕《うで》にキュッとしがみついて、

「また筋肉痛になっちゃう」

「……湿布《しっぷ》塗《ぬ》る？」

「絶対塗《ぬ》らないんだから！」

そう言って吉野《よしの》さんは顔をクシャクシャにして笑った。

昼に友梨奈《ゆりな》さんの動画を見て思った。本人に会ったわけじゃないし何も分かってないと思う。ただ……メイクをして別人になろうとしている吉野《よしの》さんの顔は、友梨奈《ゆりな》さんに似ている気がした。吉野《よしの》さんは妹の友梨奈《ゆりな》さんに「なりたい」んじゃないかって思ってしまった。そんなことしなくていいと俺は思う。

吉野《よしの》さんは吉野《よしの》さんのままで、ものすごく良《い》い。

すごく頑張《がんば》ってて真面目で、いたずらっ子で、嬉《うれ》しいと口を尖《とが》らせる。それに甘えん坊《ぼう》ではしゃいで遊ぶのが大好き。そんな吉野《よしの》さんを、吉野《よしの》さん自身がいいと思ってほしい。

だから動画にまとめようかなと思ったんだ。

# 第11話　クラス旗をつくろう

「今日の学活はクラス旗作りだよー。はい実行委員司会よろしく！」

内田《うちだ》先生に言われて俺と吉野《よしの》さんは立ち上がって前に出た。

クラスの実行委員の大切な仕事に、クラス旗を完成させる……がある。

今まではこの旗の作り方の手順や説明は、クラスの実行委員に丸投げされていた。

だけど今年は実験的に、今まで作った旗の写真をまとめたデータを俺が作ったので、それを元に話し合うことになっている。

「では、今年は辻尾《つじお》くんが今までの旗をパワポにまとめてくれたので、それを流しながら考えようと思います」

吉野《よしの》さんが前に立つと、内田《うちだ》先生は机から拍手《はくしゅ》した。

「ありがとう辻尾《つじお》くん、マジで助かった、最高！」

先生のその声と、クラスの注目が恥《は》ずかしくなり、軽く頭を下げて、パワポを各教室にあるiPadに流した。それは黒板横にあるテレビモニターに接続されていて皆《みんな》で見ることができる。

動画にすることももちろんできたけど、そんなことしたら来年、再来年の人は扱《あつか》えないものになる。だからただ写真をまとめたパワポを作り、それを自動再生することにした。

過去の旗の写真を見せていると、教室内からポツポツと声が上がる。

「あー。これはめっちゃ絵が上手《うま》い人がひとりで作ってるねー」

「刺繍《ししゅう》可愛《かわい》い〜〜」

「いやいや、無理だろ。刺繍《ししゅう》なんてできねーよ。家庭科の授業かよ」

「墨《すみ》！　白黒ってカッコ良くない？」

「でもこれはどっかがやるだろ」

みんながスライドを見ながら自然と意見を出し合う。

今まで十年間くらいの旗の写真は残ってたのに、見せてもらえてなかった。でもまとめたことにより、意見が活発にでるんだから、やって良かったとしみじみ思う。

ただ問題は……。

吉野《よしの》さんはスライドが流れた状態で教卓《きょうたく》の前で口を開く。

「では、うちのクラスの旗のアイデアを募集《ぼしゅう》します。なにかある方いますか？」

そう言うと、シ――――ン……とクラス中が静まりかえった。そう、毎回こうなる。

アイデアを言うということは、その責任者になるということだ。どう進行するのかも、アイデアを出した人が進めていくことになる。それがイヤで去年なんて誰《だれ》も一言も言わずに三十分経過した。あの時間は本当に苦痛だった。だから今年は吉野《よしの》さんと話し合った。

「旗の責任者……メインに立つのは、私がやります」

「おお……」

クラスがどよめく。これは吉野《よしの》さんが言い出したことなんだけど、結局最初に手を上げるのがイヤなだけで、作り始めれば、みんな勝手にやるじゃん？　と。去年もまさにそんな感じだった。みんな責任者になるのが嫌《いや》なだけだ。

だったらもう前に立っている自分がその責任を引き受ける。

教卓《きょうたく》に立っている吉野《よしの》さんを後ろから見て思う。

本当に何もかも頑張《がんば》ってて、責任を全部引き受けて、それなのに裏では劣等《れっとう》感の塊《かたまり》。すごく頑張《がんば》って前に立っていることを知っているから、少しでも手伝いたいなあと思うけど、俺自身も人前に立つことに苦手意識があって役に立てそうもない。

「平手《ひらて》、美術部じゃん？　平手《ひらて》がメインで何かバイ――ンと描《か》けば良くない？」

クラスの塩田《しおだ》が机に肘《ひじ》をついた状態で言った。

塩田《しおだ》はクラスの中でも声も身体《からだ》も大きく、言いたい放題のタイプの奴《やつ》だ。

塩田《しおだ》は続ける。

「美術部ってこのためにあるんじゃないの？　てかみんなに絵を見てもらえるならラッキーって思うのが本音だろ？　見て貰《もら》いたくて絵を描《か》いてるんじゃないの？」

平手《ひらて》はクラスの中でも目立たない存在で、みんなの前で「俺の絵を見ろ」というタイプではない。塩田《しおだ》はめんどうなことを押し付けようとしている……そんな空気だった。

平手《ひらて》は居心地《いごこち》悪《わる》そうに机を見たまま動かない。

吉野《よしの》さんは助け船を出すように声を上げた。

「誰《だれ》かひとりにやらせようとしないでください。責任は私たち実行委員が取るので、誰《だれ》かにさせる……ではなく、アイデアを出してほしいです」

「だって誰《だれ》も何も言わないからさあ～。絵を描《か》くなんて才能あるヤツがやればいいじゃん」

塩田《しおだ》は押し付けようとしたことをまるで悪びれない。

クラスの空気が悪くなった瞬間《しゅんかん》、教室後方からポイン……と何かが投げられるのが見えた。

え？　なんか飛んだ？

俺は思わず背を伸《の》ばす。

その何か飛んだものは、塩田《しおだ》の頭に当たって教室内に転がったように見えた。

塩田《しおだ》が叫《さけ》ぶ。

「いった！　なんだよ、ちょっと待てよ、誰《だれ》が俺に……なんだこれ、何投げてんだ?!」

「あ、ごめんごめん。投げてみたら当たっちゃった。これよくない？　水風船。わりと頑丈《がんじょう》だな、投げたら割れるはずなのに」

「は?!　水風船?!　なんでそんなもんがあるんだよ、中園《なかぞの》やめろよ！」

そう言って塩田《しおだ》は立ち上がった。

どうやら一番後ろから二番目の席……まあ俺の席の前なんだけど、そこに座っていた中園《なかぞの》が塩田《しおだ》に向けて水が入った水風船を投げつけたようだ。

おいおい……それって。俺は苦笑《くしよう》する。

中園《なかぞの》は机の引き出しからもう一個出して、手でポンポンさせた。

「これ昼休みに陽都《あきと》と遊んでたんだけどさ。懐《なつ》かしくない？　割りたくて作ったのに昼休み終わっちゃったよ」

陽都《あきと》？　辻尾《つじお》のことだよな？

一気に黒板横に立っている俺に視線が集まって、仕方なく声を出す。

「……久しぶりに駄菓子《だがし》屋に行ったらまだ売ってて……楽しくなって買って筆箱に入れてたのを、中園《なかぞの》に見つかって。昼休みに投げて遊んでたんだけど」

なんだよそれ、なんでそんな店に買い物に行ってるんだよ！　とクラス中が俺を見て笑う。

実は吉野《よしの》さんともっと子どもの頃《ころ》の遊びをしようと思って、真っ先に思いついたのが駄菓子《だがし》屋だった。

小学生の時に駄菓子《だがし》屋で二百円までお菓子《かし》を買って遠足にいったのを覚えていて、それを吉《よし》野《の》さんとしたら楽しいのでは……？　と思ったんだ。

地元駅にあるんだけど、駄菓子《だがし》とオモチャ、文房具《ぶんぼうぐ》やカバンとかがゴッチャになって売っているような雑貨店で、見に行ったら店はまだあった。その中でも「懐《なつ》かしい」と思ったのが水風船で、これで吉野《よしの》さんと公園で遊ぼうと思って買ったのだ。

それを今日の実行委員の時に見せようと思って筆箱に入れていたのを中園《なかぞの》に見つかった。

アイツは週に三日消しゴムを忘れて、俺の筆箱から持って行く。なんなんだ。

でもまあ見つかったなら仕方ないなと楽しくなってふたりで昼休みに水入れて投げて遊んでたんだけど、全然割れないんだよな。なんか水風船分厚くなった？　俺が作るの下手になっただけ？　もっと水入れないとだめか？　なんて言ってたら昼休みが終わった。それを中園《なかぞの》はポケットに隠《かく》し持《も》っていたようだ。

中園《なかぞの》は手でそれをポンポンさせて、

「これに絵の具で色付けた水入れてさ、布に投げつけたらアートができるんじゃね？」

「面白《おもしろ》いし、楽そう！」

「いいじゃん！」

クラス中が中園《なかぞの》の案に同意して盛り上がってきた。

確かに絵を描《か》いたりするより楽だし、なにより楽しそうだ。

吉野《よしの》さんは、

「じゃあ、水風船に色水入れて投げるのが基本で、その上にクラス名を描《か》く……そんな感じでいいですか？」

「いいと思います！」

クラスから拍手《はくしゅ》が上がった。

席に戻《もど》ると前の席の中園《なかぞの》は手で水風船をポンポンさせながら、

「役に立ったな」

「お前……塩田《しおだ》の頭で爆発《ばくはつ》したらどうするつもりだったんだよ」

「壁《かべ》に散々ぶつけて大丈夫《だいじょうぶ》だったんだから、割れねーよ。アイツ前から思ってたけど、適当に言いすぎだろ」

「だよねえ〜〜〜、酷《ひど》いよねえ、そう思う〜〜〜」

クラスの中園《なかぞの》が好きな女子たちがワイワイと集まってきた。

この女子集団は、噂《うわさ》好きで声が大きくて、あることないこと叫《さけ》んで苦手なので席を立ってトイレに向かう。すると廊下《ろうか》を出たところで平手《ひらて》に声をかけられた。

「……助かった」

「いやいや。こっそり持って来てただけ。大丈夫《だいじょうぶ》か？」

「塩田《しおだ》はああいうやつだ」

「俺は絵を描《か》けるヤツは単純に尊敬するけど」

「そっか」

平手《ひらて》は目に見えてほっとした表情を見せた。

俺たちはなんとなく話しながらトイレに向かった。俺は中園《なかぞの》がいるからかなり楽してると思うけど、塩田《しおだ》みたいなヤツに目を付けられると学校生活は本当に面倒《めんどう》になる。

さあ吉野《よしの》さんと旗作りの予行練習のために？　水風船で遊ぼうっと。

# 第12話　君とふたりだけで

「どこで？　どこでなら許されるの？」

「どこでなら許される……言い方がすでに面白《おもしろ》い」

「ねえ、辻尾《つじお》くん、どこで⁈」

昼下がりの公園。

吉野《よしの》さんは上着をベンチに投げ捨てて、シャツをまくり上げて髪《かみ》の毛《け》をキュッと縛《しば》った状態で叫《さけ》んだ。興奮しすぎて笑ってしまうが、表情は真剣《しんけん》そのものだ。

そして俺のほうを見て再び叫《さけ》ぶ。

「ねえってば！　どこでなら許されるの⁈」

「あははは！」

その真剣《しんけん》さが面白《おもしろ》くて声を出して笑ってしまう。

俺たちは学校が終わってすぐに着替《きが》えて、願い石がある公園に集まった。

水風船騒《さわ》ぎがあった後、すぐ吉野《よしの》さんからＬＩＮＥが入った。

『あの水風船、私と遊ぼうと思って買ったの？』って。

もちろんそうだ。

俺は小学校の時、夏といえば水風船だった。一年生で百円、二年生で二百円になるお小遣《こづか》いをすべて水風船につぎ込んでいた。あの頃《ころ》は十個しか入ってない水風船が宝物だった。

「辻尾《つじお》くん、これ無理じゃない?! ねえ、蛇口《じゃぐち》に入らないよ、絶対無理」

袋《ふくろ》をあけてトイレの手洗い水道で水を入れようとしていた吉野《よしの》さんが戻《もど》ってきた。作り方を教えるまえに即《そく》行動。その行動力、さすが吉野《よしの》さんって感じだ。

「こっち、こっち」

俺はひとつ持って、トイレではない、公園の真ん中にある普通《ふつう》の水道に向かった。

昔の蛇口《じゃぐち》は全部細かった気がするけど、最近の蛇口《じゃぐち》はものすごく太い。それにセンサーで止まったりするので水風船に水を入れるのに適さない。

ここは去年の夏、礼《れい》くんが犬の散歩で使っていた水道で、基本的にはペットに水を飲ませる場所な感じがする。昔ながらの細くて長い蛇口《じゃぐち》で、礼《れい》くんは逆に「センサーじゃないんだ。止め忘れない?」と驚《おどろ》いていた。現代っ子すぎる。でも確かにここまでシンプルな水道も今は珍《めずら》しいな……と思ったから覚えていた。

俺は水風船の入り口を開いて、蛇口《じゃぐち》にセットして、ゆっくりと水を出した。

タプン……と水風船に水がたまり……大きさ5センチくらいまで待つ。

そしてゆっくりと取り外して指先に風船の入り口を巻き付けて慎重《しんちょう》に結んだ。

それを吉野《よしの》さんに手渡《てわた》すと、目をパアアアアと、本当に音が聞こえそうなほど目を輝《かがや》かせて、

「すごい! 重たい、丸い、水が入ってる袋《ふくろ》だ!」

「水ってわりと重たいんだよね。昼休みに検証して、ちゃんと割れるサイズにしたから」

「割れる⁈　今ここでどのように⁈　どれくらいの衝撃《しょうげき》に耐《た》えられる設定で作られてるの？」

「設定？　いやちょっとまって。水風船に設定って何だ？」

俺は、宝物のように掌《てのひら》に水風船を載《の》せている吉野《よしの》さんを、トイレの裏側の壁《かべ》に連れて行った。

ここも礼《れい》くんと犬の散歩をしていて気がついたんだけど、野球少年たちがボールを投げているようで、〇に得点が書き込まれている。真ん中が50点でその周辺が10点のようだ。

かなり大きな公園の端《はし》にある小さな広場のようなところで、他に遊具もない。

まわりに民家もすくない場所なので、球技をしていても怒《おこ》られない場所なのかも知れない。

吉野《よしの》さんは、

「投げて良い？　中園《なかぞの》くんが投げても割れてなかったから、結構強くないと割れないってこと？」

「あれはかなり小さく作ったんだよね。それは5センチまで大きくしたから、それなりに……」

「っ……いやあああ！！　なんで⁈　どうして⁈　私なにかした⁈」

「あははは！」

突然《とつぜん》水風船は投げようとしていた吉野《よしの》さんの掌《てのひら》でブチャアアと割れてしまった。

吉野《よしの》さんは目を大きくあけて口も開いて、手を広げた状態で、そこから水が垂れて、その水を避《さ》けようと両足を開いて膝《ひざ》を曲げた状態……完全に絶望の人だ。

俺は爆笑《ばくしょう》して、素直《すなお》に謝る。

「ごめん、ちょっと水を入れすぎたかも知れない。ものによって薄《うす》さが違《ちが》う気がする。これは割れやすいんだね。すぐに作ってくるよ」

「ちょっとまって辻尾《つじお》くん、これは『なんでもできる委員長』そして『実行委員』として、作り方を、サイズを、ちゃんと知る必要があると思うの。これは何センチ。ちゃんとデータを準備する必要があるわ。こんな風に失敗していたら、完成しないわ」

吉野《よしの》さんは俺のほうをキリッとした目で見た。

「突然《とつぜん》、学校バージョンの吉野《よしの》さんが現れた」

吉野《よしの》さんは学校バージョンの真面目な表情をクシャクシャに崩《くず》して、両手に載《の》っている割れてしまった水風船を俺に見せて、

「濡《ぬ》れちゃったらヤダって話——！　しかも本番は色水でやるんでしょ？　靴《くつ》がビショビショになるし、たぶん掃除《そうじ》も私たちの仕事よ?!」

「ごめん、そうだね。じゃあ一緒《いっしょ》に作ろうよ。俺たちが仕切ることになるんだもんな」

俺たちは再び水道の前に移動した。この蛇口《じゃぐち》は筒《つつ》の先に段差みたいなものもない。

「ここに水風船を挿《さ》して」

「ふむふむ。すでに難しいですよ、辻尾《つじお》先生」

「うむ、吉野《よしの》くん、続けるぞ」

「なんなのそれ、誰《だれ》先生？」

「いや、乗ったほうがいいかなって。……わりと広がらないんだよな。むしろここが最難関な気がする。ていうかさ、学校のどっかにさ、こういうストレートな蛇口《じゃぐち》ある？」

「そんなの覚えてるわけない……あっ、体育館に続く渡《わた》り廊《ろう》下《か》の所の水道はどう？」

「あ、あそこまっすぐだ。用務員さんがホースつなげてる所、いつもあそこだな」

「そうよ……って、ええええええ……破れちゃったぁ……」

「あははは！　そうなんだよ、入り口の部分が破れるんだよなあ」

入り口を開きすぎたせいで、水風船の入り口がビリビリに破れてしまった。

吉野《よしの》さんは小さくなってしまったそれを掌《てのひら》に載《の》せて、

「これはもう使えないの？　半分くらい残ってるよ？」

「もうダメだなあ。残りかすみたいな感じ。頭の部分で縛《しば》るからさ」

「えええぇー……、水風船、本当に子どもの遊び？　高度すぎない？　作業開始して十五分、ひとつもできてないよ？」

「時間もまだあるし、ゆっくりやろうよ」

「うん！　今日が水曜日で良かったー！」

今日は四時間授業の水曜日で実行委員が終わり次第《しだい》、速攻抜《そっこうぬ》け出《だ》してきた。そしてここで水風船を試《ため》している。吉野《よしの》さんは「ここが破れやすいってことは分かったわ……爪《つめ》を少し短めに切ってきたほうが良《い》いわね……」と真剣《しんけん》な表情でそれを蛇口《じやぐち》に挿《さ》した。……破れていない、成功だ。そしてゆっくりと……本当にゆっくり少しずつ水を入れて、さっき俺が作ったのより少しだけ意識して小さくした。

「……んで、これを？」

「さっき挿《さ》すのが最難関って言ったけど、実はここのが難しい」

「やっぱり水風船、レベルが高くない?! 本当に子どもの遊び?!」

「よく考えたら幼稚園《ようちえん》の頃《ころ》は自分で作れなかったかも。まずはゆっくり外す。水が入っているから、重力を考えると、わりと動かしやすいかも」

「なるほどなるほど……外せたわ。すごい、水が入った風船！」

「学校でやるときはこのタイミングでスポイト使って色入れるしかないよな」

「そうね、そうね、そうだわ。んで、これ、どうやって結ぶの?!」

吉野《よしの》さんは水風船を手に持って叫《さけ》んだ。

俺は吉野《よしの》さんの真横に立った。そして水風船の入り口の部分を持って……指の先に巻いて重力を使い水風船が常に下にあるようにして……家庭科の玉結びを指先で作るみたいに回転させて……と指示を出すと、吉野《よしの》さんは学校みたいに真剣《しんけん》な表情になり、指先を器用に動かして水風船の入り口を縛《しば》った。

「できた！」

「おお。ここを一発で突破《とっぱ》できるのはすごいよ」

「もう割れない？　このサイズは大丈夫《だいじょうぶ》？　どこを持つのが正解？」

吉野《よしの》さんは水風船を掌《てのひら》に載《の》せてソロソロと移動した。さっき掌《てのひら》で割れたのが怖《こわ》いのか、少し身体《からだ》から離《はな》して持ち運んでいる姿が可愛《かわい》すぎる。そしてさっきの壁《かべ》の前に来て、俺のほうを見て、右手に水風船を持ち肩《かた》の高さまで持ち上げた。

「野球みたいに？」

「そうだね。願い石の時みたいに下からより、野球の球みたいに投げるのが正解だと思う」

「んじゃいくよ。ほりゃー！　あれえええ落ちたああ割れた、辻尾《つじお》くん、割れたよ！」

「あははは！」

吉野《よしの》さんは野球のように振《ふ》りかぶって、水風船を投げるというより、1メートルほどの距離《きより》の地面に思いっきりたたきつけた。水風船は無事に割れたが、壁《かべ》の前に移動した意味は一ミリもなかった。でも吉野《よしの》さんは割れた水風船に近付き足をタンタンさせて、

「辻尾《つじお》くん、見て見て、割れた割れた、すごいね、ちゃんと割れたよ、これくらいの大きさにすればいいのね?!」

「うん、そうだね、割れたね。なんていうか、吉野《よしの》さんって基本的に球技苦手？」

「苦手だよ。ていうか運動は全部好きじゃないよ。体育でやることは全部習って、標準レベル

に持って行ってるだけなの。習ったことをしてるだけだから、楽しいと思ったこともないの。でも！」

そう言って吉野《よしの》さんは地面に落ちた水風船のゴミの所に膝《ひざ》を抱《かか》えて丸くなって座った。

そしてゴミを指先で拾いながら、

「今はすごく楽しい。だって失敗してもいいんだもん。むしろ失敗するのが楽しい。何しても辻尾《つじお》くんがケラケラ笑ってくれる。昔ね、ひとりだけずっと逆上がりができなくて。お母さんにそれが言えなくて、テストが怖《こわ》くて、ひとりでお昼休みとかにずっと練習したの。それでも無理でね、体育は2だった。友梨奈《ゆりな》は当然全部5だったよ。私だけ2でね。通知表見た時のお母さんのため息が忘れられないよ。でも、今は失敗したほうが楽しい」

その言葉を聞いて、俺も吉野《よしの》さんの横に膝《ひざ》を抱《かか》えて丸くなり、一緒《いっしょ》にゴミを拾った。

「はじめてやって上手《うま》くいくはずないじゃん。俺だって一袋《ひとふくろ》全部ダメにしたことあるよ。でもさ、投げ方がなんていうか……癇癪《かんしゃく》おこして地面にボール投げつける子どもみたいで」

「もおお、次作ろ！　バイトまで時間ないんだから！　練習しないと無駄《むだ》になるんだから！」

「オッケー。バンバン作って行こう」

俺が立ち上がると、吉野《よしの》さんも立ち上がり、そして俺の服の袖《そで》をクンと引っ張った。

そして一歩近付いて、

「私のために駄菓子《だがし》屋さん行ったの？」

と言ってじっと見つめてきた。その近さと、少し水で濡《ぬ》れた髪《かみ》の毛《け》が頰《ほお》にくっ付いて可愛《かわい》くてドキドキする。俺は恥《は》ずかしさから何となく視線を外して、

「あ、ああ。そうなんだよ。久しぶりに行ったんだけど、まだあったよ。種類も変わってなくてさ。……今度さ、駄菓子《だがし》屋でお菓子《かし》買って、山に遠足に行かない？」

「!!　すっごく楽しそう！」

「懐《なつ》かしい駄菓子《だがし》がたくさん売ってて、久しぶりに金額制限して袋《ふくろ》に詰《つ》めたくなったよ」

「二百円までってやつだ！　やりたい、行きたい！」

そう言って吉野《よしの》さんは俺の制服を掴《つか》んでピョンピョンと跳《と》び跳《は》ねた。

吉野《よしの》さんと一緒《いっしょ》にいるとしたいことが次から次に生まれてきて、あそこも吉野《よしの》さんと行きたいな、あんなことも、こんなことも。

吉野《よしの》さんならきっとこういう風に目を輝《かがや》かせて楽しんでくれるんだ。

色んな吉野《よしの》さんを見たい、一緒《いっしょ》に居たい、素直《すなお》にそう思う。

「それでは旗制作をはじめていきます」

「よろしゃ――――ス！」

クラスのお調子者、日比野《ひびの》がピョンピョンと飛《と》び跳《は》ねた。

今日の三時間目と四時間目は学活で、旗を作る日だ。今日のために俺は数種類の水風船を駄《だ》菓子《がし》屋とオモチャ屋で購入《こうにゅう》した。そして俺よりテンションが上がってしまった中園《なかぞの》と日比野《ひびの》が昼休みに延々と作って投げて、一番良《い》い感じのものを決定、俺が買ってきた。

教卓《きょうたく》の前に立っているのは黒いTシャツに黒いパンツを穿《は》いた吉野《よしの》さんだ。

「みなさん、大丈夫《だいじょうぶ》ですね？　汚《よご》れても良い服ですね？」

「おっけーでーす！」

クラス中から声が上がる。今日は俺も夏の間バイト先で着ている黒いTシャツに、もっともボロボロなパンツを持って来た。中園《なかぞの》も上下黒で、日比野《ひびの》は笑いを狙《ねら》ってるのか、中学校の時の体操服だ。中園《なかぞの》は手を叩《たた》いて笑い、

「お前、さすがにヤバいだろ」

「育ってるな、俺。予想以上に小さくて腹が出るわ」

「見せんな！」

日比野《ひびの》が両腕《りょううで》を上に上げると腹が出てきて、それを中園《なかぞの》はチョップした。

俺が作ってきたパワポをモニターに出すと、吉野《よしの》さんが丁寧《ていねい》に説明をはじめた。

「色彩《しきさい》を統一したほうがキレイなんじゃないかということで、青系統で作ります。中園《なかぞの》くんと日比野《ひびの》くんが試《ため》した結果、投げつけると色の液体がドロドロとたれてしまうことに気がつき、だったら二階から水風船を落としたほうが良《い》いのではないか……という結論に至りました」

日比野《ひびの》は親指を立てて、

「天才っしょ！」

「な。俺たち昼休みに検証したからさ」

中園《なかぞの》も偉《えら》そうに胸を張り、クラスメイトから拍手《はくしゅ》が上がった。

いや……水風船を延々作ったのは俺と吉野《よしの》さんなのだが？

それをすべて日比野《ひびの》と中園《なかぞの》が壁《かべ》に投げつけて、用務員さんに怒《おこ》られたのも俺たちなのだが？

でも「水が垂れるってことは、色も垂れるから、それってダサくね？」と気がついたのは中《なか》園《ぞの》だった。その通りだと俺と吉野《よしの》さんは気がつかなかった。

そして吉野《よしの》さんが方法を思いついた。

「なので投げつけず、中庭に布を設置して、二階の旧理科室から水風船を落とすことにしました。思った所に落ちなくても、それも味かな……と思います。とりあえず色を付けてない水風船を落としてみましたが、良《い》い感じに割れます」

「はやくやろうぜ！」

クラスのみんなはウキウキと教室を飛び出して専門棟《とう》のほうに向かった。

専門棟《とう》は広めの中庭に接している。そして専門棟《とう》自体が古いからだろう。旧理科室の蛇口《じゃぐち》はストレートだった。細口で公園のものより水風船を挿《さ》し込みやすく、実験中、俺と吉野《よしの》さんは目を合わせて微笑《ほほえ》んでしまったくらいだ。

吉野《よしの》さんは涼《すず》しい顔で、水風船をひとつ取りだして、

「これを蛇口《じゃぐち》にセットします。割れやすいので注意してください。割れてしまったらもう使い物になりません」

と冷静に言っている。公園で散々水風船を割って、嘆《なげ》き悲《かな》しみ叫《さけ》んでいたのに。そんなことを知っているのが楽しくて嬉《うれ》しくて仕方がない。

「ちょっと吉野《よしの》さん、これめっちゃむずくない?!」

学校にバラの香水《こうすい》を付けてきている女子……熊坂花楓《くまさかかえで》さんに呼ばれて吉野《よしの》さんが駆《か》け付《つ》ける。

「入り口を少しだけ広げて……水を数滴《てき》いれるだけでも扱《あつか》いやすくなりますよ」

「あっ、本当だ。やだ吉野《よしの》さん、こんなことも完璧《かんぺき》にできるの?! さすが！」

「いえいえ、辻尾《つじお》くんや中園《なかぞの》くんたちと作って練習したんです」

そう言って吉野《よしの》さんは俺のほうを見て目を細めた。

俺は静かに頷《うなず》いた。ふたりでも皆《みんな》でも、練習したのは間違《まちが》いない。

吉野《よしの》さんは旧理科室の黒板の前で絵の具が溶《と》いてある数個のビーカーを見せた。

「水風船を作ったら入り口を塞《ふさ》がず、ここにあるスポイトで色を取って、少しだけ水風船に入れてください」

説明してるけど……みんな水風船を作る作業で大騒《おおさわ》ぎだ。

「え——?! ちょっとまって、全然水が入れられないんだけど！」

「取った瞬間《しゅんかん》に割れた?!」

慣れてない子（そもそも女子はみんな爪《つめ》が長く、旧理科室の蛇口《じゃぐち》に水風船を挿《さ》す時点で破壊《はかい》者多数）たちを、昔水風船でブイブイ言わせていた男子たちが助ける形で、準備を進めた。数個できてきたタイミングで吉野《よしの》さんは窓際《まどぎわ》に立ち、下を見た。

「今回の旗制作で、平手《ひらて》くんがアイデアを出してくれました。最初に濡《ぬ》れないように油性インクで書いてテープでマスキングしておけば上から水風船落とした時に文字が出るんじゃないかって」

「おおお――――！　それかっこいいじゃん！」

クラスメイトたちが平手《ひらて》に向かって拍手《はくしゅ》する。

実は水風船で実験していたときに、俺たちのところに平手《ひらて》が来て「先にクラス名だけ大きくマスキングしたらどうかな？　そしたら上から描くよりかっこ良くなると思う」と言ってくれたのだ。ナイスアイデア！　俺たちはとりあえず水風船投げつけて、その上からペンキとかで書けばいいじゃん？　と思ったけど、マスキングか～。平手《ひらて》は美術部ということもあり、布が色に浸食《しんしょく》されない液体？　でクラス名を大きくマスキングしてくれた。

準備できた子たちができあがった水風船を持って窓際《まどぎわ》に来た。

「ねえ吉野《よしの》さん、もう投げて良い？　投げたい！」

「私もできた！」

「俺も！」

そう言って窓の真下にある布に向かって投げると、水風船は布の上でポシャンと割れて色水が広がった。それは水滴《すいてき》のように大きく、薄《うす》い水色ですごく可愛《かわい》かった。

落とした女の子は目を輝《かがや》かせる。

「すごい！　めっちゃ可愛《かわい》くない?!　動画撮《と》りたいんだけど！」

「授業中なので、スマホの利用は許可できないです。でも実行委員の辻尾《つじお》くんが撮影《さつえい》しているので、それをあとで貰《もら》うことは可能だと思います」

その言葉に俺は無言でコクンと頷《うなず》いた。

実はさっきから実行委員用のスマホで動画を撮影《さつえい》している。このスマホは体育祭の最中に連《れん》絡《らく》用に使うものだけど、準備の様子も録画してほしいと頼《たの》まれた。学校紹介《しょうかい》も動画が当たり前になってきたから……という理由らしい。俺は動画撮影《さつえい》と編集が好きだから楽しい。

熊坂《くまさか》さんがカメラの前に立ち、

「じゃあ行くよ、撮《と》っててね！」

と窓から水風船を投げた。しかしそれはあらぬ方向に飛び、布の縁《ふち》で割れた。

「はあああ???　そこじゃないっつーの！」

「布からはみ出してるじゃん」

「え――?!　もう一回やる！」

熊坂《くまさか》さんは笑顔《えがお》で次の水風船を作り始めた。俺はただ黙《だま》ってカメラを回す。

クラスメイトたちは大騒《おおさわ》ぎしながら水風船を作り、できたものを下に投げる。上手に割れるもの、割れずに転がり落ちていくもの、クラスメイトの女子は外の旗を見て叫《さけ》ぶ。

「やだ、めっちゃ可愛《かわい》くない?!　もうすでに良《い》い感じなんだけど！」

みんな作りながら自然とテンションを上げて団結していく。良《い》い旗になりそうだ。

三時間目が終わる頃《ころ》には、旗全体に淡《あわ》い色の水玉が全面に広がったようになった。上から見ていた吉野《よしの》さんが、

「割れた水風船のゴミがすごく落ちているので、一度掃除《そうじ》したいと思います」

「了解《りょうかい》！」

ゴミがくっ付いている部分に色が入らなくなってしまうので、皆《みな》で中庭に下りてそれを取り除くことにした。掃除《そうじ》していると、中庭のそこら中に割れていない水風船が落ちていることに気がついた。熊坂《くまさか》さんがそれに気がついて拾う。

「二階から落としても割れないとか、強靱《きょうじん》すぎない？　見て、中園《なかぞの》くん、たくさんある～」

そう言いながら割れてない水風船を持って中園《なかぞの》に近付いて行った。

それを見ていたクラスメイトたちは「（おっと……邪魔《じゃま》すると殺される）」と距離《きょり》を取る。熊《くま》坂《さか》さんは中園《なかぞの》のことが好きで、こういうクラスのイベントになると真っ先に近付いてきて周りを牽制《けんせい》する。ちなみに中園《なかぞの》は全部知っていてスルーしている強靱《きょうじん》な魂《たましい》の持ち主だ、俺なら逃《に》

げ出《だ》す。

「おら、中園《なかぞの》くらえ！」

そう言って中園《なかぞの》に割れてない水風船を投げつけてきたのは塩田《しおだ》だ。塩田《しおだ》は一年生の時から熊《くま》坂《さか》さんが好きで一度告白したが振《ふ》られているらしい。熊坂《くまさか》さんが塩田《しおだ》に怒《おこ》る。

「塩田《しおだ》くん、やめて。中園《なかぞの》くんの服が汚《よご》れちゃうよ。色水入ってるんだから」

「塩田《しおだ》～？　俺は水風船プロフェッショナルだぜ?!　ふぉしゃあああ！」

そういって中園《なかぞの》は塩田《しおだ》に割れてない水風船を投げつけて遊び始めた。

水風船プロフェッショナルってなんだよ……と思うが、小さく作った水風船はわりと割れなくて、それを投げつけて遊ぶのが楽しいのは分かる。

中園《なかぞの》はクラス全員と話せる陽キャで、みんなと遊び始めたので、俺は出来上がりつつある旗に近付いた。せっかく水玉になってるのに、濡《ぬ》れて色が重なりすぎてるから、少し乾燥《かんそう》させたほうが味もでるのかもしれない。

近くでみると、入れる色を青系統に絞《しぼ》ったこともあり、すごく良《い》い感じだった。

「……きれいですね、雨が箱庭に集まったみたい」

振《ふ》り向《む》くと吉野《よしの》さんがゴミ袋《ぶくろ》を持って立っていた。

俺は手に持っていた割れた風船をそれに入れて、ポケットからスマホを取りだしてカメラを立ち上げた。

「吉野《よしの》さん。休み時間で丁度良《い》いので、学校のカメラで記録用に取材させてください」

「あ、はい、わかりました」

吉野《よしの》さんはその場で姿勢を正して優等生の顔になった。俺は質問を始める。

「最初は意見も出ず、どうなるかと思いましたが、クラスも団結して良い感じですね」

「はい。クラスの雰囲気《ふんいき》も良く委員として安心しています」

「途中《とちゅう》から色を濃《こ》くして行ってるのも綺麗《きれい》ですね」

「そうなんです。良《い》いグラデーションになっていると思います」

カメラの前の吉野《よしの》さんは『学校用』と伝えたこともあり、真剣《しんけん》な表情だ。俺は心の中で小さく笑って質問を続ける。

「今回青系統で作りましたけど、この色を選んだ理由を教えてください」

「体育祭の時に青空と一体化するような旗のほうが美しいのではと考えて青系統を選びました」

「……本当ですか？」

「えっ？」

「吉野《よしの》さんは、青色が好きですよね。筆箱も、下敷《したじ》きも青色です。俺とはじめて夜の街で会った時に着ていたスカートも水色だったし、図書館で会った時にかぶっていたウイッグには水色のメッシュが入ってました。だからよく覚えてる」

「えっ？」

学校のカメラで撮影《さつえい》していると思っていた吉野《よしの》さんは目を丸くした。カメラの向こうで学校の吉野《よしの》さんの表情から、いつもふたりで会っている時の吉野《よしの》さんになっていく。

俺はスマホの録画を停《と》めて吉野《よしの》さんの方を見た。

「(実はこれは俺のスマホ。ポケットに入れて持って来たんだ。記録関係ない。個人的に撮影《さつえい》しちゃった)」

「‼」

俺がそう言うと吉野《よしの》さんはその場で目を丸くして驚《おどろ》き、ムウウウと頰《ほお》を膨《ふく》らませて、

「(いじわる！)」

と俺の制服の上着をグイと引っ張って笑顔《えがお》を見せた。ああ、なんて可愛《かわい》いんだろう。撮《と》りたかったんだ、学校の吉野《よしの》さんから、俺の知っている可愛《かわい》い吉野《よしの》さんに変わっていくその瞬間《しゅんかん》を。絶対誰《だれ》にも見せないし、俺だけの秘密だ。

太陽が当たる所に布を移動させて乾《かわ》くのを待った。そして三個目を投げ、数日乾燥《かんそう》させてマスキングを取ると……そこには色とりどりのしずくの中に浮《う》き出《だ》す2―Bの文字。

すごくかっこ良くて良い旗になった。

あとは本番を迎《むか》えるのみ！

# 第13話　体育祭

いつもよりはやく鳴り始めたスマホのアラームをすぐに止める。

今日は体育祭本番だ。

起きてカーテンを開けると雲一つない晴天。スマホで気温を確認《かくにん》すると昼の十二時に二十二度予想。快適だ。

実行委員の俺は朝から仕事があるので、他の生徒よりはやく学校に行く必要がある。

体操服の上に制服を着て一階にいくと、父さんと母さんはもう起きていて、朝食が準備してあった。

「おはよう、陽都《あきと》。本番ね！　朝から見に行くから！」

母さんはもうメイクを済ませていて、顔をテカテカさせながら大きなお弁当箱を渡《わた》してくれた。いつもの二倍くらいある気がするけど、絶対腹が減るから助かる。

母さんは大きな水筒《すいとう》もテーブルに置いて、

「言われた通り、お稲荷《いなり》さんにしておいたわ。あとつまみやすいようにウインナーにピックを多めに付けておいたわ」

「サンキュー」

「ご飯食べる時間も取れないの？　すごいわね、実行委員は。ねえ、どこら辺でどんな仕事してるか、教えてよ。仕事してる所も見たいわ」

「結構移動するから簡単にわからないよ。とにかくお稲荷《いなり》さんは助かる」

俺はそう言って朝ご飯を食べ始めた。

中学で陸上してた時から、走る日の朝は白いご飯と魚、そして豆腐《とうふ》の味噌汁《みそしる》にバナナヨーグルトが出る。このセット懐《なつ》かしいなあと思ってしまう。すぐにエネルギーになるものを。母さんはそういって大会の朝はこのセットを作ってくれた。

こういうのを見ると、本当に俺が走るのを楽しみにしてるんだなあと思って嬉《うれ》しくなる。

母さんはプログラムをスマホで見ながら、

「二回走るリレー楽しみにしてるから！　お父さん、スマホの充電器《じゅうでんき》、もっと持って行ったほうがよくない?!　去年電池が切れたわよ。やっぱりあの鈍器《どんき》みたいなカメラも持って行きましょう？　去年奥を走る陽都《あきと》が全然撮《と》れてなかったのよ」

母さんはウキウキとリビングのほうに行った。

うちのクラスは他のクラスに比べて生徒数が少なくて、足が速い側の俺も二度走る。

母さんは「一回目は動画にして二回目は写真にしましょう」と嬉《うれ》しそうだ。

朝ご飯を食べてお弁当と水筒《すいとう》を持ち、家から出た。気持ちがいい天気で、大きく深呼吸した。

電車に乗ると、すぐにＬＩＮＥが入った。吉野《よしの》さんだ。

『辻尾《つじお》くん、おはよう。荷物は全部委員会控《ひか》え室《しつ》のがいいよ！』

『了解《りょうかい》。弁当も？』

『そうそう。あそこクーラーきいてて最高なんだから。チョコもオッケーだよ』

『まじか。溶《と》けないの？』

『あの部屋なら溶《と》けない！』

俺はそれにオッケーのスタンプを送った。

陸上競技場の観客席は暑く、去年持ち込んだチョコはすべて液体になり、なんならグミも溶《と》けていた。溶《と》けないなら……と駅前のコンビニでお菓子《かし》を買い足し、自販機《じはんき》は午前中で売り切れになるからと水も数本購入《こうにゅう》した。

学校近くの商店街を歩くと、集合時間より一時間以上早いのに、保護者の人たちが学校周辺のファミレスにいる感じがする。大きな帽子《ぼうし》や、運動系の服、そして母さんと同じくらいの年《ねん》齢《れい》の人たち。年配の方も多い。家族と待ち合わせしてから競技場に向かうのだろう。

俺は信号待ちでスマホを取りだして、ばあちゃんのＬＩＮＥを確認《かくにん》した。そこには昨日したやりとりが残っている。

『じゃあ、一般《いっぱん》席ってほうに行けばいいのね』

『一般《いっぱん》席も招待がないと入れないからさ、今から送る画像を入り口で見せて』

『分かった。じゃあ行くわ』

『プログラムも添付《てんぷ》しとくから気をつけてきてよ。着物止めてよ‼　暑いからね‼』

へいへい……というスタンプで会話は終了《しゅうりょう》している。

今日の体育祭はばあちゃんも誘《さそ》っている。

こういう学校のイベントにばあちゃん、母さん、父さんが並んで見てたのは幼稚園《ようちえん》の頃《ころ》までだった気がする。小学校の頃《ころ》にはばあちゃんは別の場所で見てたし、連絡《れんらく》していたのは父さんだったみたいだ。それをするのは今は俺の仕事。見に来てくれるならそれだけで嬉《うれ》しい。


「ここが委員会控《ひか》え室《しつ》……おっわ、涼《すず》しい！」

競技場に到着《とうちゃく》して三階にある控《ひか》え室《しつ》に入ると、ものすごく涼《すず》しくて叫《さけ》んだ。あー、ここにずっと居たい～。荷物を置くとドアが開いた。

「辻尾《つじお》くん。おはよう！」

「内田《うちだ》先生、おはようございます」

「さっそく北口外受付のほう回ってくれる？　もう人が並んでてすごいの」

「了解《りょうかい》です」

俺は制服を脱《ぬ》いで体操服になり外に出た。そして北口のほうに向かって走ってみる。朝一番の感覚で今日の調子が分かるけど……うん、良《い》い感じ、身体《からだ》も軽い。

競技場三階からは下の道路が見えるんだけど、かなり並んでいる。

一般《いっぱん》席はひとりが招待状を持っていれば何人でも入れるし、日陰《ひかげ》の席は限られているので、早めに来ないと席が埋《う》まってしまう。

ばあちゃんも早めに来られたらいいけど……と思って北口外に出ると、

「うぃっす。陽都《あきと》。お務めご苦労さん」

「店長?! もう来てたんですか?!」

北口受付行列の一番前に、俺がバイトしてる店の店長がアウトドア用の椅子《いす》を置いて座っていた。椅子《いす》にお茶のボトルがセットしてあり、日傘《ひがさ》を差していて、横には巨大《きょだい》なクーラーボックス。上はアロハシャツで下はサーフパンツ。バカンスにきたような雰囲気《ふんいき》だ。ここは競技場敷地《しきち》内だけど、それでも公共の場所なのですごく目立つ。

三階からチラリと見えた時「なんかすごい人がいるなあ」と思ったけど、まさかの店長。

店長は、スマホ画面を俺に見せて、

「綾子《あやこ》さんからコレ預かってるけど、これで入れるか」

「招待状……はい、大丈夫《だいじょうぶ》です」

「綾子《あやこ》さん日なたに長時間座らせられへんから、誰《だれ》にも任せられん。これは俺の仕事や」

店長は昔いろいろやらかしたらしいけど、うちのばあちゃんが見込んで救った人らしく、リスペクトが半端《はんぱ》ない。肩代《かたが》わりした借金で家が買えるとばあちゃんは店長の背中をバンバン叩《たた》いていたけど、何をしでかしたのかは知らないし、怖《こわ》いから聞きたくない。それに「お務めごくろうさん」って、刑務所《けいむしょ》出てきた人に言う言葉じゃね? うーん、聞かなかったことにしよう。

過去は何も知らないけど、町のことを教えてくれて、この前みたいに困った時はすぐに助けてくれる、俺にとっては第二の父さんみたいで尊敬できる人だ。

俺はポケットに入れてあった競技場内のマップを見せて、

「ここら辺の席はずっと日陰《ひかげ》なので、取るならオススメです」

「了解《りょうかい》や。そんでさあ……」

店長はツイツイと手を動かして俺を呼び、小声になった。

「(あの子も出るんか、紗良《さら》ちゃん)」

店長はこの前、写真騒《さわ》ぎで吉野《よしの》さんを救ってくれた。その時に吉野《よしの》さんがお礼を言いたいというので会わせたのだ。店長はその時から吉野《よしの》さんを「なんて礼儀《れいぎ》正《ただ》しい子や！」と、すごく気に入っている。だから西沢《にしざわ》さんに「俺の知り合いやぞ」と言ってくれていて、それは安心なんだけどさ。俺は店長に一歩近付いて小声で、

「(出ますけど、知り合いなの、絶対秘密にしてくださいよ)」

「(そんなの分かってるわ。俺は妹が浮気《うわき》されてるのを黙《だま》ってみてた男や)」

「(……それは言ったほうが良かったのでは？)」

俺は少し呆《あき》れつつ笑ってしまった。

バイトしてることは学校で言ってるけど、どんな店なのかは秘密にしてるから、あまり話し

込めない。それに店長のこの風貌《ふうぼう》と雰囲気《ふんいき》、普通《ふつう》のバイト先ではない事が容易にバレてしまう。

すでに並んでいる人が招待状を持っているか確認《かくにん》しながら整列に入った。

競技場の敷地《しきち》だけじゃなくて、外にも人が並んでる。みんなを壁側《かべがわ》に移動させていると、奥の方から吉野《よしの》さんが走ってくるのが見えた。

「辻尾《つじお》くん！　一回どこかで人の列を折る必要があるわ。ポールが競技場の方にあるから持って来てもらって良い?!」

「了解《りょうかい》」

俺は走って競技場に戻《もど》り、ポールを抱《かか》えて戻《もど》ってきた。

吉野《よしの》さんが人を並ばせるのに適していると判断したのは競技場横の駐車場《ちゅうしゃ》で、今日は来賓《らいひん》用ということで使っていない。列をそっち側に移動させて、ポールを置いて整列させた。

広めの駐車場《ちゅうしゃ》なので、外に大量に出ていた人の列はキレイに収まった。

やれやれ……と思っていたら、実行委員用のスマホが揺《ゆ》れて『正面のがヤベ――』と連絡《れんらく》が入った。俺と吉野《よしの》さんは頷《うなず》いて歩き出すと、後ろに車が止まった。

その車は黒塗《ぬ》りでかなり大きく、ニュースでよく見る偉《えら》い人が乗る車だとすぐに分かった。

助手席の窓が開き、美しい女性が顔を出した。

「紗良《さら》、おはよう」

「お母さん！」

助手席から顔を出しているのは、写真で見たことがある吉野《よしの》さんのお母さん……吉野花江《よしのはなえ》さんだと分かった。

車から降りてきた花江《はなえ》さんはベージュのスーツで、パリッとしていて高級感がありミディアムに整えられた髪《かみ》の毛《け》が美しい。動きや身のこなしは丁寧《ていねい》で美しく気品があって……どことなく俺のばあちゃんを思い出していた。

そう……仕事をすげーしている女性特有の雰囲気《ふんいき》がある人だ。

花江《はなえ》さんは運転手に向かって車を動かすように首をツイと動かした。

「さきに入ってて。私は歩いて入るわ」

「私も降りる～～」

そう言って反対側のドアが開いて降りてきたのは、動画で見たことがある……妹の友梨奈《ゆりな》さんだ。俺の基準は全部吉野《よしの》さんで悪いんだけど、吉野《よしの》さんが変装している時によく似ている。

いや、本音を言うと、そのものだ。

華《はな》やかさや目力、持っているものが圧倒的《あっとうてき》に強い感じ。吉野《よしの》さんはそれをメイクで作り出してるけど、友梨奈《ゆりな》さんは『天然』だ。髪《かみ》の毛《け》はベージュに染めていて、胸元《むなもと》が大きく開いた服を着ていてミニスカートなのに下品さがない。

「友梨奈《ゆりな》も。朝から来てくれたの？」

「お姉ちゃんったら、起きたら居ないんだもん～～。何時に出て行ったの?!　夜明けと共に家を出るとか修行僧《しゅぎょうそう》みたいだよ〜」

そう言って友梨奈《ゆりな》さんは飛《と》び跳《は》ねた。

その明るさ……確かにあの動画の通りの人のようだ。

花江《はなえ》さんは一糸乱れぬまっすぐな黒い髪《かみ》の毛《け》を耳にかけて背筋を伸《の》ばした。

「頑張《がんば》ってね。楽しみにしてきたのよ。実行委員も頑張《がんば》ってると聞いてるわ」

「良かった。今日はずっと来賓席《らいひんせき》にいるの？」

吉野《よしの》さんは花江《はなえ》さんと話し始めた。

その表情は今まで見た中でもダントツに『固い』。まるで刑務所《けいむしょ》にいるような厳しい表情で俺は少し驚《おどろ》く。花江《はなえ》さんは、

「来賓席《らいひんせき》にいるわ。友梨奈《ゆりな》とお付き合いしてる藤間《ふじま》くんも来るのよ。それなのに友梨奈《ゆりな》ったら、
こんな派手な服で」

「可愛《かわい》いでしょ？　最近のお気に入りなの。あ、藤間《ふじま》くんの車だー」

さっき花江《はなえ》さんが乗ってきた車が止まった所に、もう一台車が来た。

花江《はなえ》さんが乗ってきた車と同じ黒く大きな車の窓が開き、そこからスーツを着た初老の男性
が顔を出した。

「吉野《よしの》さん、おはようございます」

「藤間《ふじま》さん、おつかれさまです」

「どうもどうも」

初老の男性が挨拶《あいさつ》すると、後ろのドアから高身長のスーツを着た男性が降りてきた。芸能人みたいにすげーカッコ良い人だ。身長高っ！　身体《からだ》全体がデカ！そして笑顔《えがお》を見せて、

「友梨奈《ゆりな》さん！」

「わーい、たっくん、おつかれー！」

「あだ名で呼ばないで、ちゃんと名前でお呼びしなさい、友梨奈《ゆりな》」

「いいんです、俺もふたりの時はユリッチと呼んでいるので」

「あらまあ、仲が良《い》いのね」

そういって花江《はなえ》さんは笑顔《えがお》を見せた。

「どうもおそろいで……こちらにいらっしゃると聞いて伺《うかが》いました」

「校長先生、すいません、わざわざこちらにいらして頂いて」

「来賓席《らいひん》はあちらとなっております。会長も来られるそうです」

「わざわざありがとうございます。丁度会長と補助金の件でお話があったので良かったです」

騒《さわ》ぎを聞きつけたのか……うちの高校の校長が出てきて、花江《はなえ》さんと市議会議員さんは消えていった。その姿を吉野《よしの》さんはぼんやりと見守っていた。

美しい女性と、美しい男性、そして社会的地位がありそうな初老の男性と、吉野《よしの》さんのお母さん。そこには完璧《かんぺき》な空間が広がっていて、和《なご》やかで優《やさ》しくて……それを見て立っている吉野《よしの》

さんの表情は……どこも見ていない。

遠くを、この世界を、なんとなく俯瞰《ふかん》するような焦点《しょうてん》が合わない目で、遠くをぼんやりと見ていた。自分はその世界に関われない。そんな風に自ら線を引いているような遠さで。

俺はその横顔を見て、そんな顔しなくて良いとまっすぐに思った。

吉野《よしの》さんは卑屈《ひくつ》になる必要がないくらいちゃんとしている人だ。

それに俺は友梨奈《ゆりな》さんの彼氏《かれし》みたいにイケメンじゃないし、あんな風にスーツが似合う大人でもない。それでも吉野《よしの》さんを大切に思ってて、助けになりたいと思っている。

俺は横にぼんやりと立っている吉野《よしの》さんの手を強く握《にぎ》った。

吉野《よしの》さんは俺のほうをハッ……と見た。

俺はもう一回、吉野《よしの》さんの手を強く握《にぎ》った。

吉野《よしの》さんは繋《つな》がれた手に今頃《いまごろ》気がついて、繋《つな》いだまま、カクン……としゃがみ込んだ。

引っ張り込まれるように、俺もしゃがむ。

吉野《よしの》さんは地面に付けた繋《つな》いだ手を確かめるように強く握《にぎ》って、俺のほうを見て、

「……ありがとう、ぼんやりしてた。大丈夫《だいじょうぶ》だよ。できることをしよう」

そう口に出した瞳《ひとみ》は、涙《なみだ》でうるんで見えたけど、それでも強くて。

俺はコクンと頷《うなず》いて一緒《いっしょ》に立ち上がり、正面口のほうに向かって走り出した。

なんとなく来賓《らいひん》席のほうを振《ふ》り返《かえ》りながら、あの親と妹、それに婚約《こんやく》者……なにより空気感。

逃《に》げ出《だ》したくなるのも分かる……と思いながら走った。

「え――っ、こんな所入れるの?!」

「今日だけなのよ」

「わあああ、すっご――い、わあああ、めちゃくちゃ高い～～！」

「穂華《ほのか》、走らないの、ちょっと待ってて」

「すごく気持ちがいい――！」

俺も背筋を伸《の》ばすと湿度《しつど》をまるで含《ふく》まない五月の風が首筋を抜《ぬ》けていった。

眼下にはさっきまで行列を作っていた入り口が見えて、そこから伸《の》びる列がどこまで続いているかよく分かる。

ここは陸上競技場の一番上……屋上部分だ。

いつもは鍵《かぎ》がかかっている所らしいんだけど、ここにあるポールにクラス旗を飾《かざ》ることになっていて、その作業に来た。穂華《ほのか》さんはテンションマックスで叫《さけ》ぶ。

「わあああ、すごい！　紗良《さら》っち、一周してきていい?!」

「いいけど、かなりあるわよ」

「じゃあ途中《とちゅう》で戻《もど》ってくるかもっ！　とりあえずあっちまでいってみたい、むきゃー！」

そういって穂華《ほのか》さんは屋上を一周している通路のような道を走り出した。

この部分は陸上競技場の一番上にグルリと道がある状態になっていて、単純に考えても一番大きな円周になる。「旗をあげるの手伝う！」といって付いてきたのに、ただ来たかっただけなのは間違《まち》いない。

吉野《よしの》さんは走って去って行った穂華《ほのか》さんを横目に、ポールの接続部分を開いた。

「じゃあ、ここから1年生ね。1‐A、1‐B……一応ポールの下にガムテ貼《は》ってクラス名書いておいたほうが良《い》いかもしれない。何度か取り外すから」

「……了解《りょうかい》。穂華《ほのか》さんもいないし、俺たちだけだよ。ちょっと休憩《きゅうけい》しない？」

「……そうだね。穂華《ほのか》も一周するならまだ戻《もど》らないかな」

「実はこれ持って来た」

「あ、食べたい。もう疲《つか》れたー」

そう言って吉野《よしの》さんは1‐Aのポールの前にズルズルと座り込んだ。

移動が多いと聞いて、ポケットにキャラメルを箱ごと入れて持って来ていた。

箱を開くと「わあ」と目を細めて吉野《よしの》さんはキャラメルを取りだして口に投げ込んだ。

甘い物を食べると、さっき……吉野《よしの》さんのお母さんや妹、それに彼氏《かれし》一団に会った時の違和《いわ》感《かん》が少しだけ消えていく。少しは聞いていたけど実際目の前にすると、

「……やっぱり吉野《よしの》さんのお母さんと友梨奈《ゆりな》さんは違《ちが》う世界の人って感じがすごいね」

吉野《よしの》さんは両肩《りょうかた》をあげて、

「うん。そうなの、私もすごくそれを感じた。今までそれを変だと思わなかったのよね。お母さんはバリバリ仕事してて、いつもあんな感じ。友梨奈《ゆりな》は足もめちゃくちゃ速くて昔からリレー選抜《せんばつ》チーム。ダンスも上手で常にセンター。それが当たり前だと思ってた」

「いやいや、めちゃくちゃ特殊《とくしゅ》でしょ」

「だから言えなかった。体育祭なんて大っ嫌《きら》い。運動も大っ嫌《きら》い。友梨奈《ゆりな》みたいに上手にできないもん。もう本当にイヤだよ、走りたくない。来なくていいのに」

吉野《よしの》さんの言葉を聞いていて、少し違和感《いわかん》を抱《いだ》いていた。

ずっと吉野《よしの》さんは妹の友梨奈《ゆりな》さんと自分を比べているけど、俺は……今横にいる吉野《よしの》さんのことが誰《だれ》より好きだから。俺は立ち上がった。

「俺たちも、穂華《ほのか》さんみたいにあっち側に走らない？　気持ちよさそう」

「え――……仕事しないと」

「行ってみよう。俺と走ろう」

「すっごく遠くない？　やだぁ。走ると疲《つか》れるもん。走るのなんて全然好きじゃないんだよ」

「行こう」

俺は手を伸《の》ばした。吉野《よしの》さんは「ええ……？」と戸惑《とまど》いながらも、俺の手を握《にぎ》って立ち上がった。そしてふたりでゆっくりと走り出した。

吉野《よしの》さんは走るのが苦手で好きじゃないと言っているけど、速いほうのグループに入る。

それでもきっと友梨奈《ゆりな》さんは一番だから、それではダメだと思ってるんだ。

俺がどれだけ「全然速いほうだよ」と言っても、そんなのたぶん心に届かない。だって基準は全部友梨奈《ゆりな》さんだからだ。でも俺は最近吉野《よしの》さんと居るようになって思ってたんだけど……。

俺は横を向いて、

「吉野《よしの》さんってさ、楽しい時はいつもスキップして、ジャンプするよね」

「え？　全く自覚なかったんだけど」

「バイト終わりの時、電車ヤバいときとかよくスキップしてジャンプしてる」

「え——？　自覚ない——」

「公園で遊んでさ、そのあとバイト先に行った時もスキップしてクルクル回って、それで走ってたよ、ヒールなのに」

「そうだっけ。え——？」

「水風船、公園で作った時もさ、ずっと走ってたじゃん」

「そうかも——。だって楽しかったんだもん」

「だからさ、走るのも運動するのも、そんなに嫌《きら》いじゃないんじゃない？」

吉野《よしの》さんは緩《ゆる》く走っていたが、俺の言葉に立ち止まった。

五月の風が強く、それでいて優《やさ》しく俺たちの間を抜《ぬ》けていく。

そして吉野《よしの》さんの緩《ゆる》く編まれた三つ編みをふわりと揺《ゆ》らした。

俺は再び走り出すと、吉野《よしの》さんも釣《つ》られるように走り出す。

「俺もさあ、部活でタイム競《きそ》ってた時はそんなに楽しいと思わなくて。友達と競《きそ》ってどっちが速い、遅《おそ》いってさ。それでタイムは伸《の》び悩《なや》んで……全然つまんねー……と思ってた。でもさ、バイトで街のなか走り回って、それは本当に楽しくて。それで高校でタイム上がってるんだよな、競技で走ってた時より。笑ったよ。吉野《よしの》さんも、走るというか、身体《からだ》を動かすのは、好きなんじゃないかなって思ってさ」

言いながら走っていると、背中の服をギュワ――ッと摑《つか》まれて転びそうになった。

振《ふ》り向《む》くと吉野《よしの》さんが俺の服を摑《つか》んで、唇《くちびる》を強く嚙《か》んでいた。

あっ……この表情はこの前公園で泣かせてしまった時と同じで。

俺は慌《あわ》てて立ち止まった。

吉野《よしの》さんは口を一文字に結んだ状態でブンブンと首を横に振《ふ》る。

これ以上首振《ふ》ると痛くなりそうなんだけど……すぐそこに穂華《ほのか》さんがいるから、触《ふ》れることも、これ以上近付くこともできない。

吉野《よしの》さんは泣きそうな顔を誤魔化《ごまか》すためだろうか、靴紐《くつひも》を縛《しば》り直す風に小さく丸まった。俺もその目の前に膝《ひざ》を立てて座る。

「……大丈夫《だいじょうぶ》？」

「……そうなの。友梨奈《ゆりな》と比べて苦手なの。友梨奈《ゆりな》みたいに上手にできなくて、体育祭も来賓《らいひん》席のお母さんがイヤなの。ずっと見てて、この後も食事会なの、そこで感想言われるの」

「そっか」

「確かに……辻尾《つじお》くんといる時は走ってるなんて思ってなくて、遊んでた」

そう言って靴紐《くつひも》を強く縛《しば》り直した。

そして俺のほうを見て顔を上げた。目の前に吉野《よしの》さんの顔がある。

その目は真っ赤だったけど、泣いてない。さっき花江《はなえ》さんたちといた時のように無力じゃない……それでいて取《と》り繕《つくろ》っているいつもの学校の顔でもない、バイト先にいる表情だと思った。

スッと立ち上がって吉野《よしの》さんは背伸《せの》びをして、穂華《ほのか》さんに手を振《ふ》った。

「よっし、穂華《ほのか》の所までよーいどん！」

吉野《よしの》さんは足取りも軽く、少し離《はな》れた所で待っている穂華《ほのか》さんの所まで、かなり速い速度で走って行った。それは遊んでるみたいで、羽が生えたみたいに軽くて。俺も少し全力を出して屋上通路を走ってみた。やっぱり身体《からだ》が軽い、風が気持ちいい。

「紗良《さら》っち～！　見て見て、ここから富士山《ふじさん》見えるの――――！」

「わあ、すごい。ビルの隙間《すきま》から見えるのね」

「おお。知らなかったな。今日はマジで天気がいいな」

「気持ちがいいよ～～。あ、なんか甘い匂《にお》いがするっ！」

穂華《ほのか》さんはめざとく俺と吉野《よしの》さんの周りをクンクンと匂《にお》いを嗅《か》いでまわった。

すさまじい嗅覚《きゅうかく》。俺はポケットから箱のキャラメルを出した。

やったぁ～！　と穂華《ほのか》さんはそれをひとつ摘《つ》まんで口の中に入れて「やっほー！」と背筋を伸《の》ばした。下の方には今登校してきたクラスメイトらしき人たちが見えて手を振《ふ》っている。

吉野《よしの》さんは、

「あ、やば。もう登校時間じゃない？　旗をあげましょう」

「え？　紗良《さら》っちと辻尾《つじお》っちで作業終わったんじゃないの？」

「やってないのよ、戻《もど》りましょう」

「もう、紗良《さら》っち～～、珍《めずら》しいなあ～～」

「たまにはいいでしょう？」

吉野《よしの》さんは口元だけ微笑《ほほえ》んで走り出した。穂華《ほのか》さんは吉野《よしの》さんの腕《うで》にしがみついて、

「もちろんいいよお～。穂華《ほのか》も旗揚《はたあ》げする～～！」

と走り出した。

遠くで音楽が鳴り始めて体育祭の開始を知らせる。

俺もふたりを追って屋上通路を走りポールに全クラス分の旗を揚《かか》げた。一年生はまだ作り慣れていないシンプルなもの。二年生の俺たちはアイデアが詰《つ》め込まれたものが多く、三年生になるともう芸術的に美しい仕上がりだった。それが五月の風に気持ち良さそうに揺《ゆ》れた。

さあ体育祭が始まる。

「選手宣誓《せんせい》！　私たちはこれまでの練習の成果を発揮して、クラスの仲間や部活の仲間たちと力を合わせて最後まで戦《たたか》い抜《ぬ》くことをここに誓《ちか》います！」

三年生の生徒会長が宣言して、右手をスッと伸《の》ばした。

長く縛《しば》ってあるハチマキがふわりと風に揺《ゆ》れて、ドンッと大きく太鼓《たいこ》の音が真っ青な空に響《ひび》いた。俺たちは号令に合わせてグラウンドに広がり、軽く体操をして席に戻《もど》る。

背中がバンと叩《たた》かれて後ろを見ると中園《なかぞの》だった。

「陽都《あきと》おっは〜！　今日は頑張《がんば》ろうぜ!!　んで、まずは何だっけ。俺何に出るんだっけ」

「中園《なかぞの》。お前四百だろ。もう移動じゃね？」

「え、俺朝から四百メートルも走るの？　さっきおにぎり四つ食べたから無理……」

「さっきかよ」

中園《なかぞの》は俺より足が遅《おそ》いけど、クラスの中で遅《おそ》いほうではない。むしろ中学からずっとゲームしかしてないのに、ここまで運動神経がキープできるなら、本気出したらもっと速いだろうに。

中園《なかぞの》は首を回しながら、

「昨日も大会戦あって寝《ね》たの二時でさ、ずっとお菓子《かし》食べてたから朝満腹だったんだよな」

「フリーダムすぎる……」

「陽都《あきと》一緒《いっしょ》に昼飯食べられないの？　俺、お前の母ちゃんが作る稲荷寿司《いなりずし》食べたいんだけど」

「実は『中園《なかぞの》くんに』って母ちゃんから預かってるから後で渡《わた》す」

「神かよ〜。炒《い》り卵《たまご》とゴマのやつ超《ちょう》うめぇんだよな〜」

俺の母さんと中園《なかぞの》の母親は小学校の時に一緒《いっしょ》にPTA役員をしてからのママ友で、小学校の時は中園《なかぞの》家と一緒《いっしょ》にお昼を食べていた。中園《なかぞの》はうちの稲荷寿司《いなりずし》が好きで、行事のたびに食べている。俺たちが歩いていると、後ろから体育祭らしくないバラの匂《にお》いがした。

この香水《こうすい》を付けているのは……振《ふ》り向《む》くと熊坂《くまさか》さんが居た。

「中園《なかぞの》くん、サブグラウンド行くなら、一緒《いっしょ》に行かない？　私も移動なんだ」

「熊坂《くまさか》おはよ。行くかー」

「一緒《いっしょ》に行こう。ね、私デザートにプリン作ってきたんだけど、辻尾《つじお》くんいないなら一緒《いっしょ》に食べない？　キンキンに冷やしてきたんだよ」

「あー、平手《ひらて》と食べようと思ってるんだけど、一緒《いっしょ》でいい？」

「別にいいわよ、私が一緒《いっしょ》でいいなら」

そう言って熊坂《くまさか》さんは顎《あご》をツンと上げた。

おっと「邪魔《じゃま》する気ならそれでもよいけれど？」を間接的に伝えてくるの怖《こわ》すぎる。

平手《ひらて》……ご愁傷《しゅうしょう》さまや。

委員会控え室《しつ》で吉野《よしの》さんとこっそり食べる予定の俺、ラッキーすぎる。

熊坂《くまさか》さんは「行きましょう」と中園《なかぞの》の背中を引っ張りながら歩き出した。落とす気満々だな。

他の女を寄せ付けないオーラがすごい。

熊坂《くまさか》さんはウチのクラスで一番美人な子だと思う。美人というか強い、強いというか強い。強いしか言えない。真っ黒なロングヘアにつり目で強気な瞳《ひとみ》、そして身長が中園《なかぞの》と同じくらい高くてバレー部で、クラスで一番足が速い。何度か話しかけられたけど、中園《なかぞの》のことしか聞かれなくて笑った。噂《うわさ》によると一年の時から狙《ねら》ってたらしいけど、同じクラスになるまで近付かないと決めていたらしい。

つまり今年は本気で狙《ねら》うということだ。

熊坂《くまさか》さんもすごいけど、なによりそんなこと百も承知で雑にあつかう中園《なかぞの》よ……。

常にモテるやつは余裕《よゆう》が違《ちが》う。

「そっか、陽都《あきと》くん、委員だから一緒《いっしょ》にお昼食べられないんだね」

振《ふ》り向《む》くと横に平手《ひらて》が来ていた。俺は平手《ひらて》に一歩近付く。

「平手《ひらて》。お前逃《に》げたほうが良さそうだぞ。熊坂《くまさか》さんこの体育祭で本気で中園《なかぞの》落としにいくぞ。手作りプリンだってさ」

「熊坂《くまさか》さんのプリンなんて怖《こわ》くて食べられないから逃《に》げるよ。知ってる？　塩田《しおだ》くん、先週も熊坂《くまさか》さんに告白したんだ。秒でフラれたらしいけどね」

「おいおい……しれっと恐《おそ》ろしい話をしないでくれ……やめろ平手《ひらて》……」

「熊坂《くまさか》さんのプリンを食べることで塩田《しおだ》くんに二倍虐《いじ》められて熊坂《くまさか》さんに睨《にら》まれる。食べるだけで二度死ねるデスプリンだね」

「殺傷能力が高すぎる……」

俺と中園《なかぞの》と平手《ひらて》は、水風船で旗を作った時以来、仲良くなった。ゲームオタクの中園《なかぞの》と、アニメ好きの平手《ひらて》はわりと共通の話題が多いらしい。

塩田《しおだ》は先週も熊坂《くまさか》さんに告白したのか。……知らなかった。

俺と平手《ひらて》がデスプリンの恐怖《きょうふ》に震《ふる》えながらお茶を飲んでいると、グラウンドに四百メートルの選手たちが入場してきたのが見えた。

「熊坂《くまさか》、頑張《がんば》れよ、お――い、熊坂《くまさか》、頑張《がんば》れよ――!!」

塩田《しおだ》はその列に熊坂《くまさか》さんを見つけて、観客席の一番前に移動、大声で声援《せいえん》を送っている。先週告白して秒でフラれてもめげない男……メンタル強すぎる。

男子四百メートル走が始まった。

俺たちは電光掲示板《けいじばん》にどんどん入っていく得点を見ながら盛り上がる。うちの体育祭はゼッケンにICチップが入っていて、順位が分かり次第《しだい》、自動的にポイントが加算されていく。リアルタイムで変化するから見ててちょっと楽しい。一年生、二年生、三年生と各クラスが表示されていて、一位になると学園祭の時に一番好きな内容を選ぶことができる。

毎年一番人気は飲食系で、五クラスの中で飲食系はひとつしかできないので、体育祭で一位になったクラスが自動的にその権利を得る。ここでクラス優勝しないと学園祭で金を稼《かせ》ぐのはアイデア勝負になって一気に難しくなる。

「中園《なかぞの》ぉぉー！　お前一位だろうなあ〜〜〜！」

塩田《しおだ》の声援《せいえん》で中園《なかぞの》の順番がきたことに気がついて、俺も平手《ひらて》も立ち上がった。

スタートラインに出てきた中園《なかぞの》は、俺と平手《ひらて》を見つけて親指を立てた。

ピストル音と共に中園《なかぞの》が走り出した。最初は三番手だったが、最後には全部抜《ぬ》いて余裕《よゆう》の一位になった。グラウンドに座っていた熊坂《くまさか》さんが中園《なかぞの》に走り寄り、ハイタッチしている。横目で見ると塩田《しおだ》がギリギリと爪《つめ》を噛《か》んでいて、それを平手《ひらて》が「ほらね」という無表情で俺のほうを見た。

なるほどデスプリン……。血の味がしそうだ。

男子四百メートルが終わって、女子四百メートルが始まった。

すぐに立ち直った塩田《しおだ》がクラス旗を持って一番前に立つ。

「熊坂《くまさか》、頑張《がんば》れよ！」

「頑張《がんば》る！」

そう言って熊坂《くまさか》さんは長い髪《かみ》の毛《け》をポニーテールに縛《しば》った。それを見て塩田《しおだ》は嬉《うれ》しそうに旗を振《ふ》った。俺は熊坂《くまさか》さんより……列に並んでいる吉野《よしの》さんを見た。

吉野《よしの》さんも四百メートルに出場する。

熊坂《くまさか》さんも吉野《よしの》さんも、クラスで人気があるので、クラスメイト全員が前のほうに出てきて声援《せいえん》を送る。こうなると俺も目立たず前に出られるから嬉《うれ》しい。

「吉野《よしの》さんがんばれー！」

「吉野《よしの》さんファイトー！」

俺も前に出て声を出してみる。

「吉野《よしの》さん頑張《がんば》れ！」

「よっし、がんばるよ――――！」

吉野《よしの》さんはクラスの応援《おうえん》団に向かって大きく手を振《ふ》った。こうやってコソコソせず大きな声で応援《おうえん》できるのは正直楽しい。いや……二人きりでコソコソするのはもっと楽しいです。

吉野《よしの》さんの順番になった。吉野《よしの》さんはハチマキをキュッと縛《しば》り直してスタートラインに立ちスタート音と共に一気に走り出した。

四月に計測した時より、全然速い……きれいなフォームで二百メートルこえるときには５メートル以上後方を離《はな》し、そのまま余裕《よゆう》で一位ゴールした。

クラスの総合得点の横に出ている個人ランキングで十位内に入る好タイムだ。すごい！

吉野《よしの》さんはタイムを真っ先に確認《かくにん》するわけでも、クラスの方を向くんじゃなく……来賓《らいひん》席のほうを見た。そこには拍手《はくしゅ》している花江《はなえ》さんと、妹の友梨奈《ゆりな》さんが見えた。

吉野《よしの》さんは丁寧《ていねい》に、それこそ親にする態度じゃない……お腹《なか》から九十度に頭をさげてお辞儀《じぎ》した。

それはみんながはしゃいでいるグラウンドの中で、たったひとり異様な光景に見えた。

そうか。俺は単純に応援《おうえん》していたけど、吉野《よしの》さんにとっては絶対に一番を取らないといけない四百メートルだったのか。

「うおおお、熊坂《くまさか》さん頑張《がんば》れ――――！」

吉野《よしの》さんの順番が終わり、熊坂《くまさか》さんの番になった。

熊坂《くまさか》さんは男子に圧倒的《あっとうてき》な人気があるので、女子より男子たちが前に立ち大声で応援《おうえん》をはじめた。塩田《しおだ》が旗を振《ふ》りすぎて、前が見えないレベルの旗の振《ふ》りっぷり。

朝からずっと振《ふ》ってて、その体力がすごいと思ってしまうがさすが柔道部《じゅうどうぶ》。

そして熊坂《くまさか》さんがスタートした。

順調に走っていたが、スタートして二百メートル付近……横を走っていた女の子が転んだ。

「おい！」

塩田《しおだ》が叫《さけ》ぶと同時に、その子は熊坂《くまさか》さんのレーンに転がり込み、そのまま熊坂《くまさか》さんを巻き込んだ。熊坂《くまさか》さんは避《さ》けようとしてジャンプして、内側のグラウンドに飛び込んで転び、悲鳴を上げた。

「熊坂《くまさか》！」

塩田《しおだ》は旗を投げ出して、走って行った。

グラウンドには保健委員や白衣を着た先生たちが出てきて、転んでしまった生徒と、熊坂《くまさか》さんに駆《か》け寄《よ》った。転んだ生徒は両膝《りょうひざ》から血を流しているが、自力でグラウンドの外に出た。

熊坂《くまさか》さんは左の足首を下につけない状態で、先生たちの肩《かた》を借りてピョコピョコと歩いている。避《さ》けるときにジャンプして着地を失敗して捻《ひね》ったのかも知れない。

グラウンド中がざわざわする中、他の生徒たちがゴールした。

「やっばい、痛いんだけど」

「熊坂《くまさか》！」

三十分後、吉野《よしの》さんや中園《なかぞの》に抱《かか》えられて足首に包帯を巻いた熊坂《くまさか》さんが戻《もど》ってきた。

そこに塩田《しおだ》が駆《か》け付《つ》ける。塩田《しおだ》はすぐにグラウンドに向かったが、グラウンドには今出ている人しか出られないらしく、追い返されたようだ。

あれで塩田《しおだ》はかなり熱いやつでは……と思ってしまう。塩田《しおだ》は熊坂《くまさか》さんの横に座り、

「大丈夫《だいじょうぶ》か?!」

「大丈夫《だいじょうぶ》じゃない。二週間後に地区大会始まるのに最悪だわ」

「病院は？」

「早めにいくよ。もう最低」

「あっちのほう日《ひ》陰《かげ》だぞ。席替わってもらおう」

塩田《しおだ》は別のクラスの日《ひ》陰《かげ》席に熊坂《くまさか》さんを座らせてくれないか……と交渉《こうしょう》に向かった。

やはりあいつかなり熱いやつでは……？　というか、そんな風に気が使えるならクラスにも気を使えよと思ってしまうが、熊坂《くまさか》さんのことをすげー好きなのはよく分かった。

中園《なかぞの》が俺の横の席に戻《もど》ってきた。

「ぐえー。足の怪我《けが》は、つれぇー。俺、手を怪我《けが》したらヤベーって思い出したわ」

「おつかれ。確かに手を怪我《けが》したらゲームできないんだな」

「な。考えたことなかったわ」

みんなで熊坂《くまさか》さんの荷物を移動させているのが見える。

一緒《いっしょ》に戻《もど》ってきた吉野《よしの》さんが気になって横目で見ると、アクシデントこそあったものの、もう出番は終わったという余裕《よゆう》の笑顔《えがお》で、美味《おい》しそうにお茶を飲んでいた。俺はスケジュールを確認《かくにん》して席を立った。

そろそろ一年男子障害物競走が始まるので、俺と吉野《よしの》さんはグラウンドで手伝いがある。

俺が立ち上がると、お茶を飲み終えた吉野《よしの》さんも立ち上がり、ふたりで応援《おうえん》席から通路に逃《に》げ込んだ。

「吉野《よしの》さん、速かったよ」

吉野《よしの》さんは周りをキョロキョロ見て誰《だれ》もいないことを確認《かくにん》して俺に一歩近付いて、

「終わったぁあ。もう絶対一位じゃないとダメだから、怖《こわ》くて怖《こわ》くて。あとはリレーだけど、前半走ればいいだけだから余裕《よゆう》だよ～。あ――、良かった。終わったー、終わったー！」

と笑顔《えがお》を見せた。やっぱり来賓席《らいひんせき》からずっと見られるのはとんでもないプレッシャーだろう。その力が抜《ぬ》けた笑顔《えがお》に俺も安堵《あんど》する。ふたりで階段を下りて委員会控《ひか》え室《しつ》に向かおうとすると、前から内田《うちだ》先生が走ってきた。

「いた！　吉野《よしの》さん！」

「はい。おつかれさまです」

「熊坂《くまさか》さんが怪我《けが》しちゃったから、リレーでそこを走る係、吉野《よしの》さんにお願いしてもいいかな」

　と言った。吉野《よしの》さんは慌《あわ》てて、

「え……でも、平川《ひらかわ》さんのがタイム速いですよね、新島《にいじま》さんも」

「熊坂《くまさか》さん、選抜《せんばつ》リレーも出る予定だったから、それは平川《ひらかわ》さんに頼《たの》んで、新島《にいじま》さんは元々吉《よし》野《の》さんが走る所と二回走ってもらうことにしたわ」

「熊坂《くまさか》さんってアンカーでしたよね……？」

　吉野《よしの》さんが呆然《ぼうぜん》と呟《つぶや》く。

　そうだ、そうだった！

　熊坂《くまさか》さんは足が速いからアンカーだった。まさかそこに吉野《よしの》さんが入れられるとは。先生は笑顔《えがお》で、

「さっきの四百メートルのタイム全部見たんだけどね、吉野《よしの》さん、新島《にいじま》さんより速かったよ。

練習の時の熊坂《くまさか》さんより速かったんだから！　今日の吉野《よしの》さんなら大丈夫《だいじょうぶ》！」

それは吉野《よしの》さんが頑張《がんば》ったからで……。

吉野《よしの》さんは茫然自失《ぼうぜんじしつ》……言葉を出せないでいた。

やっと終わった。そう言っていたのに。

先生は吉野《よしの》さんをまっすぐに見て笑顔《えがお》で、

「今日はお母さま含《ふく》めて皆《みな》さん来られてるじゃない？　いつもの頑張《がんば》りを見て貰《もら》えるチャンスだよ！　いっつもすっごく頑張《がんば》ってるんだから見て貰《もら》おうよ！　大チャンスだよ！」

その言葉を聞いて吉野《よしの》さんは、どんどん顔色を白くしていく。

内田《うちだ》先生のスマホが鳴《な》り響《ひび》いて「じゃあ、よろしくねー！」と去って行った。

遠ざかる内田《うちだ》先生の話し声。

その場には俺と吉野《よしの》さんが取り残された。


一年生の障害物競走が始まった。

一年生が走ってきて、自分の両足を縛《しば》り、そのままピョンピョンと跳《と》んで行く。ゴール地点で解かれた紐《ひも》を、俺と吉野《よしの》さんはスタート地点に戻《もど》す係だ。

吉野《よしの》さんは仕事をしているが表情が無い。その視点は定まらず、顔色も悪い。俺は紐《ひも》を回収したついでに吉野《よしの》さんに近付いて声をかけた。

「……大丈夫《だいじょうぶ》？」

「うん、平気」

吉野《よしの》さんは俺のほうを見ず、グラウンドを見たまま上の空で答えた。

障害物競走が終わり、俺たちは紐《ひも》を全部持って備品室に戻《もど》った。午後から別の競技に使うので、紐《ひも》を色分けしてカゴに入れていくんだけど……吉野《よしの》さんはぼんやりしたまま動けない。

……仕方がないことだ。俺は作業をテキパキと進めて、

「吉野《よしの》さん。お昼になるから、一緒《いっしょ》に委員会控《ひか》え室《しつ》で食べない？」

その言葉に俺のほうを見て、動くか動かないか、分からないくらいほんの少し頭を動かし頷《うなず》いた。俺は作業しながら時計を確認《かくにん》した。まだ時間はたっぷりある。

体育祭は家族と食事をすることが許されていて、長めに時間が設定されている。

その間に少しでも吉野《よしの》さんが休めると良《い》い。

俺が紐《ひも》を分けていると、内田《うちだ》先生に声をかけられた。

「辻尾《つじお》くん、ごめん、職員室にある来賓《らいひん》の名前が書いてあるファイル、放送室に持って行ってもらえるかな。昼休みに読み上げるんだって」

「……わかりました」

吉野《よしの》さんを見ると、吉野《よしの》さんは俺のほうを見て貼《は》り付《つ》けたような笑顔《えがお》を作り、

「じゃあ紐《ひも》は片付けておくね」

と言った。

こんな状態で近くを離《はな》れたくないけど、仕方ない。すぐに戻《もど》ろうと走り出した。

そして職員室に入り、来賓《らいひん》の名前が書いてあるファイルを探した。でも見つからない。ていうか、どこに置いてあるかしっかり聞いておくべきだった。内田《うちだ》先生がどこにいるか探すのも面倒《めんどう》だ。まず内田《うちだ》先生の机の上を見ても……ない。体育祭実行委員……いや、こういう時は教頭先生の机の上だ！　見に行くとそこに来賓《らいひん》一覧のファイルがあった。あった！

俺はそれを摑《つか》んで放送室に向かって走り出した。

チラリと見えた来賓《らいひん》一覧のファイル……そこには吉野《よしの》さんのお母さんたちの名前があった。

『市議会議員、吉野《よしの》花江《はなえ》・吉野《よしの》友梨奈《ゆりな》（娘《むすめ》）』

『市議会議員、藤間《ふじま》宣義《のぶよし》・藤間《ふじま》匠《たくみ》（息子《むすこ》）』

その並びを見て、朝の景色を思い出す。

母親と妹とその彼氏《かれし》が来ていて、どうしても一番にならないといけない状態。

走るのも嫌《きら》いだって、あんなにはっきり宣言するくらいイヤでも走った。

後方に差をつけて圧倒的《あっとうてき》な状態で、ちゃんと一位になったんだ。

今日の仕事は全部終わった、あとは体育祭が終わるまでと思っていた矢先の出来事だった。

先生はいつも頑張《がんば》ってる吉野《よしの》さんをむしろ讃《たた》えているつもりだと思う。その頑張《がんば》りを見て貰《もら》ったほうが良《い》いじゃない？　完全な善意だと思う。

でも……頑張《がんば》ったら、その先に、当然のように次のハードルを準備されて、それを跳《と》ばないといけない世界。そんなのすげーキツいって分かる。

俺はファイルを放送室に預けて、備品室に走って戻《もど》った。

戻《もど》ったけれど、そこに吉野《よしの》さんの姿が見えない。……あれ？　どこに行ったんだろう。俺はまだ作業していた他の委員さんに声をかける。

「すいません、吉野《よしの》さんってどこに行ったか分かりますか？」

「あれ？　そこに居ない？　さっきまで居たよね。控《ひか》え室《しつ》に戻《もど》ったのかな」

そう言われてすぐに委員会控《ひか》え室《しつ》に戻《もど》ったが、そこに吉野《よしの》さんの姿はなかった。

他の人に聞いても誰《だれ》も居場所を知らない。クラスの席に戻《もど》ったのかもしれないと思い、見に行ったが居ない。みんなが食事をしている公園にも、日陰《ひかげ》になっている木の下にも、どこにも居ない。

スマホを取りだして鳴らしてみるが、出ない。持ち歩いてないみたいだ。

俺は走って探しながら、さっきの吉野《よしの》さんを思い出す。話しかけた時の無気力な返事……先生に話しかけられた後の無理矢理つくった笑顔《えがお》。嫌《いや》な予感がして探すのを止められない。

苦しいときに頼《たよ》ってもらえるような人になりたい、そう思っていたけど、当然俺なんて役に立たない。吉野《よしの》さんが頑張《がんば》れば頑張《がんば》るほど、ひとりになっていく。それは吉野《よしの》さんが頑張《がんば》り続ける限り、永遠に続く。

……なにもしてあげられない。

走り疲《つか》れて廊下《ろうか》に座り込むと、コンクリートでお尻《しり》が冷たい。

俺はずっと、何かが起こっても誰《だれ》かがなんとかするだろう。誰《だれ》かするなら俺がしなくてもいい。この世界に俺しかできないことなんて存在するはずがない。そう思って生きてきた。

でも……。

はじめてあの町であったとき、床《ゆか》にペタンと座り、靴《くつ》先から輪ゴムを入れていた表情を思い出した。そしてそのあと学校で会ったときの秘密のＬＩＮＥ。委員会に立候補した時にチラリと俺を見てくれた顔。廊下《ろうか》を一緒《いっしょ》に走ったお昼。乱れた髪《かみ》を直す指先、その瞳《ひとみ》。必死に水風船を結んでいた真剣《しんけん》な表情。

……何もできないけど、役に立たないけど、そばに居たい。

座り込んだ所からふらふらと立ち上がり、汗《あせ》を服で拭《ぬぐ》った。

吉野《よしの》さんがこういう時に行く所……行けるところ。

……きっとあそこだ。

俺は委員会控《ひか》え室《しつ》に置いてあった吉野《よしの》さんのカバンを抱《かか》えて走り出した。

「……わ。よくわかったね。あ……ごめん、すごく探させちゃったかな。汗《あせ》がすごい」

「探したよ。すっげー探した。探した」

俺は探した……と言いながら、その場に座り込んだ。

屋上の気持ち良い風が吹《ふ》き抜《ぬ》けていくが、非常階段を駆《か》け上《あ》がったので、息が苦しくて仕方がない。

それでも……この状態の吉野《よしの》さんに何も言えない。

吉野《よしの》さんは秘密の屋上の、更衣《こうい》室の中に居た。

荷物だらけで埃《ほこり》っぽく、体育祭で使うために色んなものを取りだしたのだろう、段ボールがたくさん転がっている。その窓際《まどぎわ》に膝《ひざ》を抱《かか》えて丸まっていた。

顔色は白く、生気がない。

俺は服で汗《あせ》を拭《ふ》いて、カバンの中からお茶を出して一気に飲んだ。

「大丈夫《だいじょうぶ》?」

「……大丈夫《だいじょうぶ》じゃない。もう全部イヤ。もう全部イヤだよ」

そう言って膝《ひざ》を抱《かか》えたまま、クッと身体《からだ》を更《さら》に小さくした。そして続ける。

「未来を予想する、嬉《うれ》しいことも、悲しいことも予想する。悲劇は避《さ》けたい、だからそうならないように努力する。終わった、やり遂《と》げた、今回はミスしなかった、もうこれで終わり。やっと息ができたその後に、それ以上のことが起きる。いつもこれ」

そう言って吉野《よしの》さんは抱《かか》えた膝《ひざ》に頭をこすりつける。

そして更《さら》に小さくなって首を小刻みに何度も横に振《ふ》り、

「……アンカーなんてやりたくないよ、うちのチーム逃《に》げ切《き》りじゃん。熊坂《くまさか》さんだからギリギリ逃《に》げ切《き》ってたのに、無理だよ、できないよ、絶対抜《ぬ》かれちゃうよ。胃が痛い」

その嘆《なげ》きが気になって、俺は吉野《よしの》さんのカバンを渡《わた》した。

「……水、飲んだほうが良くない？」

「あ、カバン持って来てくれたの？　ありがとう。中に胃薬入ってるから飲む」

「胃薬なんて持ち歩いてるの？」

「たまに立てないくらい胃が痛くなるから持ってるの。うーん……お茶でいいや」

「俺常温の水持ってる」

「あ、助かる。ごめん、もらうね、あとで返すから」

そんなのどうだっていいのに、吉野《よしの》さんはすぐに気をつかう。

吉野《よしの》さんが薬と言ってカバンから取りだしたのはクッキーの缶《かん》だった。それはウサギのキャラクターで有名な遊園地の絵が描《か》いてあるものだった。可愛《かわい》らしい缶《かん》を開けると中には薬がみっちり入っていた。吉野《よしの》さんはそれを雑にひっくり返して、中から薬を選んで、飲み込んだ。

そしてぶちまけたそれをひとつひとつクッキー缶《かん》の中に押し戻してギュウギュウと蓋《ふた》をした。

「……薬飲むなら、少しでも食べたほうが良《い》いって聞いたけど」

夜の町で働くミナミさんは、いつもよく分からない薬をザラザラと飲んでいたけれど、その前にひとつおにぎりを食べていた。「そうしないと胃がすんごい荒《あ》れるの」と笑っていた。

吉野《よしの》さんはブンブンと首を横に振《ふ》り、

「……お腹《なか》すいてない。だって走るなら、食べない方がいい」

「リレーは十五時からだから、今食べても問題ないよ。むしろ今食べるくらいが丁度いいよ」

「お腹《なか》すいてないの。朝から何も食べてない。それに胃が痛いから薬飲んだのに、食べたらもっと痛くなるよ」

「でも……」

俺が口を開くと、吉野《よしの》さんは頭を何度も横に振《ふ》って、

「食べられないんだもん、胃が痛いの、もうイヤなの、何も、ずっと食べられない、もうイヤなの、イヤったら、イヤ！」

そう言って吉野《よしの》さんは叫《さけ》んで再び膝《ひざ》を抱《かか》えた。吉野《よしの》さんは大きくため息をつき、

「……ごめん。優《やさ》しくしてくれたのに叫《さけ》ぶなんて。……辻尾《つじお》くんがいると、弱くなる、甘えたくなる、ごめんね、こんなの私じゃない、いや、でもこれが本当の私なのかな。弱くて駄目《だめ》で甘えん坊《ぼう》。でもちゃんとしなきゃ。ちゃんとしなきゃ、できるはず。できるはず」

そう言って吉野《よしの》さんは顔の真ん中にある手を震《ふる》わせた。

薄暗《うすぐら》い更衣《こうい》室の中、斜《なな》めに入ってきている光が吉野《よしの》さんを斜《なな》めに切り取る。

専門棟《とう》は競技場のすぐ近くにある。中庭でお昼ご飯を食べた子たちが、笑いながら遊んでいる声がする。家族だろうか、小さな子どもの声が遠くで響《ひび》く。荷物に囲まれた小さな空間で吉《よし》

野《の》さんはどうしようもなく壊《こわ》れて小さくなって震《ふる》えていた。

俺はその言葉を聞きながら、全部違《ちが》うとまっすぐに思った。

だって吉野《よしの》さんは……。

俺は吉野《よしの》さんが顔の真ん中で強く握《にぎ》っている手を握《にぎ》り、顔の中心から退《ど》かした。

そこにはクシャクシャになって大粒《おおつぶ》の涙《なみだ》をこぼしている吉野《よしの》さんがいた。

目からボロボロと止《と》めどなく涙《なみだ》が落ちていく。

それは突然《とつぜん》降り始めた夏の豪雨《ごうう》のように、まだ太陽が出ているのに降り始めた雨のように大《おお》粒《つぶ》で。

長いまつげが涙《なみだ》を弾《はじ》いて、頬《ほお》に落ちる。

今、あの時の言葉の意味がわかった。

俺は吉野《よしの》さんの顔に掌《てのひら》を触《ふ》れさせた。

吉野《よしの》さんの顔は涙《なみだ》で濡《ぬ》れていて冷たい。触《ふ》れている間も涙《なみだ》がポロリと落ちてくる。それを親指で拭《ぬぐ》った。俺の指先が、吉野《よしの》さんの涙《なみだ》で濡《ぬ》れる。拭《ふ》いても、拭《ふ》いても、吉野《よしの》さんの瞳《ひとみ》から大《おお》粒《つぶ》の涙《なみだ》が流れ落ちてくる。

弱くて駄目《だめ》で甘えん坊《ぼう》。俺はそんな吉野《よしの》さんを……。

俺は自分の顔を近付けて、吉野《よしの》さんの唇《くちびる》に自分の唇《くちびる》を触《ふ》れさせた。

「……?!」

掴《つか》んでいる吉野《よしの》さんの手がビクンとなった。

目の前にはドロドロに泣いている吉野《よしの》さんが驚《おどろ》いた表情で俺のほうを見ている。

俺はそのまま吉野《よしの》さんを抱《だ》き寄せた。

「……吉野《よしの》さんを今、俺が穢《けが》した」

「……」

「吉野《よしの》さんは、学校でキスするような子じゃない」

「……っ……」

「吉野《よしの》紗良《さら》さんは優等生で頑張《がんば》り屋さんで、どんなことを頼《たの》まれても笑顔《えがお》で引き受ける子だ」

「……うん」

「みんなそう思ってるし、その吉野《よしの》紗良《さら》を、吉野《よしの》さんは完璧《かんぺき》に演じているし、実際そういう子だ」

「うん……」

「その吉野《よしの》さんを、今俺が穢《けが》した」

「………っ」

「吉野《よしの》さんは学校の入っちゃいけない屋上で、こっそりキスするような、男に抱《だ》き寄せられるような女の子じゃない」

「うんっ……うんっ……」

「だからもう、吉野《よしの》さんは違《ちが》う吉野《よしの》さんになった。ここにいるのは誰《だれ》も知らない吉野《よしの》さんだ、悪い子の吉野《よしの》さんだ」

「悪い……あははっ……なにそれ、なにそれ……なにそれっ……なにその理論っ……わけわかんないんだけど、なにそれ」

俺はもう一度吉野《よしの》さんを強く抱《だ》き寄せる。

身体《からだ》が震《ふる》えているからだ。震《ふる》えて小さくて、細くて、こんなに細いのに、ずっとずっとひとりで走ってきたんだ。

俺は続ける。

「吉野《よしの》さんが穢《けが》してほしいって言ったとき、意味がわからなかった。でも今ならわかる。吉野《よしの》さんは違《ちが》うことをして、少しでも違《ちが》う自分になりたいんだ。俺は違《ちが》う吉野《よしの》さんを知ってるよ。弱くて駄目《だめ》で甘えん坊《ぼう》な吉野《よしの》さんを知ってる。何も助けられないけど、違《ちが》う吉野《よしの》さんに俺ができるなら、俺は知ってるし、ここにいるから、ああ上手に言えないな」

「大丈夫《だいじょうぶ》、わかる……」

「もう違《ちが》う吉野《よしの》さんだから、大丈夫《だいじょうぶ》」

「……あははははっ……もう、辻尾《つじお》くんメチャクチャだよおお……そんな変な慰《なぐさ》め方……はー、もうヤダー、いつ終わるんだろー、走りたくないよお、もうやだー」

手をだらんと下げて、ただ上を向いて泣く吉野《よしの》さんを俺はただ抱《だ》き寄せた。

なんかもう、本当に小さな子どもを抱《だ》き寄せるように、泣きじゃくる子どもを落ち着かせるように、ただ背中や頭を撫《な》でた。

吉野《よしの》さんは身体《からだ》全体を震《ふる》わせて何度も何度もずっと泣き続けて……息を吐《は》いて目を閉じた。

「……すっごい泣いた」

「そうだね、すっごい泣いたね」

「すっごい泣かされた」

「いや……吉野《よしの》さんやっぱりメチャクチャに泣き虫なのでは……」

「すっっっごい、な、か、さ、れ、た！」

「うん」

元気になってきたのが嬉《うれ》しくて俺は吉野《よしの》さんを見て目を細めた。

すると吉野《よしの》さんが俺のほうにスッと近付いてきた。その表情は、さっき泣いていた吉野《よしの》さんじゃない。

いつもの学校の冷静で優等生な瞳《ひとみ》で……。

俺の顔に向かってゆっくりと白い手を広げて近付いて来た。目の前に白い花が咲《さ》いたような空間に息を呑《の》む。

そしてゆっくりと顔を近付けて、優《やさ》しく……さっき俺がしたみたいじゃない、甘く、ゆっくりと俺にキスをした。

柔《やわ》らかい唇《くちびる》が、優《やさ》しく俺の唇《くちびる》を確かめるように触《ふ》れて……目を開くと、俺をまっすぐに見ている吉野《よしの》さんがいた。

その瞳《ひとみ》は涙《なみだ》で潤《うる》んでいて、真っ赤で、それでいて強く、どこか甘美《かんび》で。

そして濡《ぬ》れた唇《くちびる》をゆっくり開いて、

「もっと好きになって。私をもっと好きになって、どうしようもないくらい好きになって」

「……うん」

「辻尾《つじお》くんの前で新しくなっていく私をずっと見てて」

そう言って俺のおでこに、自分のおでこをトン……とぶつけた。

同時に吉野《よしの》さんのお腹《なか》がぐううう……と鳴った。俺たちはおでこを合わせたまま、爆笑《ばくしょう》した。

吉野《よしの》さんはカバンを引き寄せて、

「実は朝四百メートルあるから、朝から何も食べてなかったの。お昼にたくさん食べようと思って、すっごくたくさん持って来たの」

「……俺も母さんが特製お稲荷《いなり》さん作ってくれたから、一緒《いっしょ》に食べようと思ってた。炒《い》り卵《たまご》とゴマと紅ショウガが入ってるんだ」

「なにそれ、美味《おい》しそう。食べたいっ」

「吉野《よしの》さん居なくなるし。すげー泣くから、もうあと十五分しかないよ」

「居なくなったのは食事する気がなかったからですー。辻尾《つじお》くんが毎回泣かすんですー、私は

悪くないんですー、辻尾《つじお》くんのせいなんですー。ね、私、目真っ赤じゃない？　ヤバい、こんなのダメだよ、泣いたってばれちゃう。あっ、目薬あるからさそうっと」

そう言って吉野《よしの》さんはカバンの横ポケットから目薬を出してさした。

そして、お弁当箱を広げて俺に見せてくれた。

「じゃじゃーん、自分で作ってきた」

「えっ?!　自分で作ったの？」

そこにはラップで包んだ卵焼き、カラフルなアルミホイルに包まれたおにぎり、たこさんウインナーにピック付きの唐揚《からあ》げが入っていた。吉野《よしの》さんは小さく首を横に振《ふ》り、

「期待しないで。普通《ふつう》のことしかできないの。いつも自分で食べるものを適当に作ってるだけで、人に食べさせるのは想定してないの。だから味はすっごく普通《ふつう》だと思う」

「いやいや、俺は全部母さんの手作りだから、料理してること自体に感心する」

「お母さんは料理上手なんだけど、支援者《しえん》のお店に行くことに意味があるから、よく外食するの。私は家で食べるの好きだから、結構自炊《じすい》もするんだ。でも食べやすさ重視であんまり可愛《かわい》くないんだけど、どうぞ」

そう言って吉野《よしの》さんはお弁当箱の中からラップで包まれてお団子のようになっている黄色の塊《かたまり》を俺にくれた。

それを開いて口の中に入れると、

「……甘い」

「甘いのが好きで砂糖もみりんも入れてるの」

「美味《おい》しい。なにより……吉野《よしの》さんが作ってくれたものを食べられるのが嬉《うれ》しい」

「私も辻尾《つじお》くんと食べられて嬉《うれ》しい。それにね、さっきまで逃《に》げ出《だ》したいって思ってたけど、今は走れる。走ろうって思えてる」

「そっか。うん、たくさん食べて、走ろう」

「うんっ！」

そう言って眉毛《まゆげ》を下げて、本当に嬉《うれ》しそうに微笑《ほほえ》んだ。

俺たちは持って来たお弁当を食べて屋上に出た。吉野《よしの》さんはフェンスに近付いて外を見て、

「……競技場から専門棟《とう》って近いのね。気が付いたらここに来てた」

俺はカバンを持って横に立った。

「吉野《よしの》さん。前に、学校に誰《だれ》にも知られず、自分になれる場所があるなんてステキって言ってたから。絶対ここだと思ったんだ」

その言葉に吉野《よしの》さんは俺のほうを見て目を細めた。

「……覚えてて、来てくれて嬉《うれ》しい」

その笑顔《えがお》は、更衣《こうい》室で丸まっていた時とは別人で、それがとても嬉《うれ》しかった。

俺はさっきひとりで一段飛ばしで駆《か》け上《あ》がった非常階段を、ふたりでゆっくり下りた。

クラス対抗《たいこう》リレーの時間になり、サブグラウンドに移動することになった。

クラス対抗《たいこう》リレーは、二年A組からE組の5チームで戦う。

走るのはクラス全員だ。

つまり極端《きょくたん》に足が遅《おそ》い子も、速い子も、男女混合で一緒《いっしょ》に走る。

得点が大きいこともあり、クラス一丸となって走る順番を決めて練習してきた。

最初に速い子を入れるのがいいか、最後にまとめるか、どうしても走るのが苦手な子をどこに配置するか……。他のクラスも変えてくるので、こうすれば絶対勝てるということはないけど、うちのクラスは前半にとにかく速い子を詰《つ》め込んで距離《きょり》を稼《かせ》ぎ、中盤《ちゅうばん》に遅《おそ》めの子、そして後半で逃《に》げ切《き》ることにした。

クラスの人数が一番多い所に走る人数を合わせる必要があり、うちのクラスは生徒数が少ないので数人が何度か走る。

俺もそのひとりで、前半と後半に二度走る。

熊坂《くまさか》さんも二度走ることになっていたが怪我《けが》してしまい、そこは吉野《よしの》さんや他の子で補充《ほじゅう》された。

四百メートルが速かったのは、吉野《よしの》さんがすごく頑張《がんば》ったからだ。

それがこんなことに繋《つな》がるなんて……。

頑張《がんば》ったらそれで終わりじゃないなんて、頑張《がんば》りたくなくなる。

それなのに吉野《よしの》さんは……と考えて、包まれた頬《ほお》に触《ふ》れた指先の感覚とか、その指先が涙《なみだ》で濡《ぬ》れていたこととか思い出す。

そして俺に触《ふ》れた唇《くちびる》……。

「っ……ちょっとまて」

あの場の勢いで、なんかメチャクチャ色んなこと言って、しかも俺からしたキ、キスは、事故のような強引《ごういん》さだった。当然はじめてしたキスで、あんな顔面ぶつけるみたいなことして、大丈夫《だいじょうぶ》だったのか？　今頃《いまごろ》になって地面に潜《もぐ》り込みたいほど恥《は》ずかしくなってきた。

それに吉野《よしの》さんが、俺にキスを、いや俺がしたからか。

……な――――んかカッコイイことばっかり言っちゃった気がするけど、恥《は》ずかしくなった。

大丈夫《だいじょうぶ》だったか、俺。

列に並んでいる吉野《よしの》さんを見ると、吉野《よしの》さんも俺のことを見ていて、目があった。

そして目を細めて小さく手を振《ふ》ってくれた。

あの指先が俺の頬《ほお》に触《ふ》れて、あの唇《くちびる》が……。

俺は日比野《ひびの》の肩《かた》に肘《ひじ》を乗せた。日比野《ひびの》はお調子者だけどサッカー部でクラスで一番足が速く一番手を走る。後半も一緒《いっしょ》に二度目を走る仲間だ。

「おう、どうした辻尾《つじお》、緊張《きんちょう》してきた?!」

「……日比野《ひびの》は、やっちゃったけど、穴に隠《かく》れて叫《さけ》びたいほど恥《は》ずかしくなったことってある？」

「俺小学校の時に校内放送で保健の先生に告白したことあるぜ」

「おっと、わりとすごいのがきたな」

人の黒歴史で心を癒《い》やそうとしたら、予想以上の黒歴史が飛び込んできた。

日比野《ひびの》はドヤ顔で、

「先生が俺の膝《ひざ》をさ──、すっごい心配してくれて親が『なんでもない』って言ってた怪我《けが》、わりとヤバかったんだよ。あの時先生が病院連れて行ってくれなかったら今の俺はいないね」

「あれ。黒くないな、わりといい話だな」

「だから俺は校内放送で、愛のラップを歌った」

「黒かった」

「あの時はやってたじゃん『キミに伝える愛のラップ』」

「あったなー……」

「『先生がいてくれてっ、ほんと感謝感謝！　いっぱい大好きサンキュー！』」

「ありがとう、日比野《ひびの》、元気になってきた」

「日比野《ひびの》ラップの話？　あの日の給食マジで伝説。先生たちみんな床《ゆか》に転がって笑ってたぜ」

俺たちが黒歴史トークをしていたら、塩田《しおだ》がニヤニヤしながら来た。

塩田《しおだ》はあまり足が速くないので、中盤《ちゅうばん》で走ることになっている。

塩田《しおだ》が日比野《ひびの》ラップを歌い、日比野《ひびの》が踊《おど》り、中園《なかぞの》はそれを「うるせぇバカ！」と後ろから蹴《け》飛《と》ばした。

いつ通りのクラスの空気に、さっきの時間が、キスが嘘《うそ》だったんじゃないかと思えてしまう。

でも……嘘《うそ》にはしたくない。俺は吉野《よしの》さんが好きだ……と強く思えて、それが何というか、すごく『頑張《がんば》ろう』に繋《つな》がっている気がする。

俺は屈伸《くっしん》をして顔をあげた。調子ヨシ、走るぞ！

このリレーは競技の中で最もポイントが高いので、優勝すると一位になる確率はぐっと上がる。一時間前から得点表示はシークレットになっていて、今どこの組が一番勝っているか分からないが、午前の時点では三位だった。

さっきからサブグラウンドに待機してるけど、横にある陸上競技場では吹奏楽部《すいそうがく》が演奏してダンス部が演技を発表していて、最高に盛り上がっている。

聞き慣れたヒット曲が青空に抜《ぬ》けて、満員の観客たちの歌声が響《ひび》く。

本当にうちの高校の体育祭はお祭りだ。

「よっし、二年生移動するよ――！」

進行係が声をかけて、俺たちは「お――――！」と叫《さけ》んで陸上競技場に向かって歩き始めた。

陸上競技場に入る瞬間《しゅんかん》はいつも緊張《きんちょう》する。

中学の時もこの瞬間《しゅんかん》は特別だった。暗い通路を抜《ぬ》けた先にある明るさ、広さ、そして降ってくる圧倒的《あっとうてき》な歓声《かんせい》。

選手を出迎《でむか》えるために小学校中学校高校大学までの吹奏楽部《すいそうがく》が演奏を続けて、ダンス部が踊《おど》っているのだ。

それに合わせて観客席はクラス旗が舞《ま》い、応援《おうえん》団が声を張り上げている。

これは走り慣れている俺でも緊張《きんちょう》する。

リレーは一人二百メートル。俺と日比野《ひびの》は前半一度走って、後半も走る。

吉野《よしの》さんは一番後ろに座り、真剣《しんけん》な表情で靴紐《くつひも》を結び直していた。

「オン・ユア・マークス」

歓声《かんせい》が響《ひび》き渡《わた》る陸上競技場で一番手の人たちがスタートラインに並んだ。

うちのB組は日比野《ひびの》だ。みんな真剣《しんけん》な表情でスタートラインに立っているが、日比野《ひびの》だけはニコニコの笑顔《えがお》でピョンピョン飛《と》び跳《は》ねている。プレッシャーに強すぎだろ。

スターターが手を上げて真っ黒なピストルが空に向けられる。

応援《おうえん》の曲も歌も、この時はピタリと止《や》む。

空気が張《は》り詰《つ》めた瞬間《しゅんかん》に、ピストルが高らかに鳴らされて、同時に一番手の人たちが走り始めた。

うおおおお！　と観客席から一斉《いっせい》に歓声《かんせい》が上がる。

ドン！　ドン！　とすぐに大きな太鼓《たいこ》の音が響《ひび》き、ラッパが鳴り、応援《おうえん》団の声が響《ひび》く。

百メートルすぎた所で、一位はD組、二位は我らB組の日比野《ひびの》だ。

B組で二番手に走るのは野球部の加藤《かとう》だ。長身で手足が長い。日比野《ひびの》からバトンを受け取って加藤《かとう》が走り出す。歩幅《ほはば》がデカくてメチャクチャ速い！　そのまま一位を抜《ぬ》き去って、トップに立った。三番手に走るのは俺だ。

加藤《かとう》は走り方が独特なので、一緒《いっしょ》に何度も練習した。俺は大きく息を吸い込んで吐《は》き出《だ》した。

うちのクラスは前半逃《に》げ切《き》り型だ。前半でどこまで離《はな》せるかにかかっている。

吉野《よしの》さんのアンカーまでに、なるべく距離《きょり》を稼《かせ》ぎたい！

加藤《かとう》が走ってきたので、後ろも振《ふ》り向《む》かずに最初から全力で走り出す。差し出した手にバトンがスッと入ってそのまま加速した。

おお、すごく良《い》い感じにつなげた。足が上がって気持ちが良《い》い。前に人が居ない、一位の状態で走れるのは最高に気持ちが良《い》い。そのまま走って四番手の人にバトンを渡《わた》した。B組はそのまま一位で距離《きょり》を保ったまま走って行く。

「ツシャ――、辻尾《つじお》、二回目行くぜ‼」

走り終わった俺の所に日比野《ひびの》がきた。その頬《ほお》は高揚《こうよう》していてテンションが超《ちょう》上がっている。

俺とハイタッチをして、もう走った順番のガムテープを取る。

これは走る順番に身体《からだ》に貼《は》っているもので、順番ミスをなくすためのものだ。俺と日比野《ひびの》は後半にもう一度走るので、一番後ろに再び並ぶ。そこに居た吉野《よしの》さんが目を輝《かがや》かせて、

「日比野《ひびの》くん、辻尾《つじお》くん、すごいっ！　すごかった！」

「いや〜、今日調子良《い》いわ」

そう言って日比野《ひびの》はピースした。俺は頷《うなず》いて吉野《よしの》さんの前に座った。

リレーはどんどん進行していく。

速い組が走り終わり、ここから足がそれほど速くない組だ。

E組は中盤《ちゅうばん》に足が速い人を全員投入してきたので、ここで一気に順位を上げてきて、Dを抜《ぬ》いて二位に浮上《ふじょう》してきた。

走るのが苦手な塩田《しおだ》も、平手《ひらて》もなんとか抜《ぬ》かれず走りきり、かなり追い上げてきているE組からほんの少し差がある状態で再び日比野《ひびの》の順番になった。

一位が我らB組、二位がE組。その差は1メートルもない。

「おっしゃあああ、ほな距離《きょり》稼《かせ》いできますかね」

そういって日比野《ひびの》はスタートラインに立ち、バトンを受け取り、ものすごい速度で走り始めた。さっきより速い！　E組との距離《きょり》が少しだけ広がったように見える。

次は俺の番だ。

日比野《ひびの》が走り、俺が走り、その後アンカーの吉野《よしの》さんだ。

偶然《ぐうぜん》だけど、俺がそのバトンを渡《わた》せることを光栄に思う。ほんの少しでも離《はな》して吉野《よしの》さんに渡《わた》したい。

俺の背中の体操服がギュッ……と引っ張られた。振《ふ》り向《む》くと吉野《よしの》さんが、俺の体操服を引っ張っていた。

そして掌《てのひら》を見せる。ハイタッチ……ならみんなの前でしてもおかしくないかな。

俺が掌《てのひら》を見せると、吉野《よしの》さんはパンッと掌《てのひら》を当ててきて、そのまま指の間にギュッ……と自分の指を入れてきた。まるで自分の体温と俺の体温を混ぜて、ひとつにするように。

心臓がばくりと音を立てて、歓声《かんせい》が遠ざかる。

俺は吉野《よしの》さんの手を強く握《にぎ》り返した。

「……ここにバトンを入れるから、振《ふ》り向《む》かずに全力で走って。絶対間に合わせる」

「うんっ！　信じて全力で走るね！」

掌《てのひら》に残る体温そのままに再びレーンに入る。

E組との差、２メートル……ほんの少しでも離《はな》して吉野《よしの》さんに繋《つな》げたい。

日比野《ひびの》が全力で突《つ》っ込んでくるのに合わせて、俺も加速する。日比野《ひびの》とも結構練習してきたからお互《たが》いに本気で走る。リレーのタイミングで速度が落ちないのが後続を引《ひ》き離《はな》すために最も大切なことだ。

手を後ろに大きく振《ふ》り出《だ》すと、そこにパシンと冷たい感覚……バトンが入った。

腕《うで》を大きく振《ふ》って足を上げて膝《ひざ》から下を前に出して走り始めた。

真後ろにE組が来ているのが声援《せいえん》と足音で分かる。

絶対に負けられない!!

強く決めてバトンを持つ腕《うで》をもっと大きく振《ふ》り、膝《ひざ》から下を前に前に押し出す。

足を踏《ふ》み込むたびに、身体《からだ》が軽く、跳《と》ぶように走れているのが分かる。反対側に座っている
クラスメイトたちの前を走《はし》り抜《ぬ》けると「いいよ離《はな》せてる!!」と悲鳴のような応援《おうえん》が聞こえた。

いける!

確信して強くバトンを握《にぎ》り地面を蹴《け》り上げる。靴《くつ》が地面を捉《とら》えている感覚をリアルに感じる。

身体《からだ》を傾《かたむ》けてそのままカーブに入ると応援《おうえん》席から「速い!」と歓声《かんせい》が降ってくる。

ラストだ!!

速度そのままに直線に入ると、視線の先に吉野《よしの》さんが立っているのが見えた。

そして俺と目が合った。

振《ふ》り向《む》かないで、全力で加速して、絶対に間に合わせるから。

その言葉通り吉野《よしの》さんは全力で加速し始めた。ハチマキが揺《ゆ》れて黒い髪《かみ》の毛《け》を揺《ゆ》らす。

ずっとこの後ろ姿を見てきたんだ。笑顔《えがお》でジャンプして、俺とふたりの時はいつも元気で。

そんな吉野《よしの》さんを、ほんの少しでも俺は助けたい!

リレーゾーンに入ると、なぜか全部スローモーションに見えはじめた。

吉野さんと俺が呼吸を合わせてひとつになって走っているのが分かる。目の前に吉野さんの小さな手がはっきりと見える。

「はい！」

　俺は声を出してそこにバトンを入れた。リレーゾーンギリギリにパシンと高い音が響《ひび》き、吉《よし》野《の》さんは加速したままバトンを持って走り始めた。俺の横をE組アンカーの女子が走《はし》り抜《ぬ》けて風が空に向かう。

　ぶっつけ本番でなんとかなった！　身体《からだ》全体が心臓のように暴れて力が抜《ぬ》けそうだけど、息を整えながら後方を確認《かくにん》してグラウンドに戻《もど》った。

　E組との差はさっきより少し開いて3メートルになっていた。でもE組のアンカーは女子バスケ部で有名な選手だ。

　身長が小さくて足が速い、吉《よし》野《の》さんのほうが身長はあるけど、すばしっこいのはE組だ。でも吉《よし》野《の》さん……四百メートル走った時より足が上がっている。身体《からだ》も軽そうだ。

　そのままカーブを曲がって更《さら》に加速。E組が近付いてくる、速い！

「吉《よし》野《の》さんがんばれ！」

「吉《よし》野《の》さん、もうすぐだ！」

「ファイト――――!!」

　B組みんなで声を張り上げる、あと少し、ゴールまで5メートル、でももうすぐそこまでE

組が来ている、あとちょっと！

もう並ばれる、横にE組が来た瞬間《しゅんかん》、吉野《よしの》さんは全力で走りそのまま身体《からだ》を前のめりにゴールに飛び込んだ。

ゼッケンにはICチップが入っていて、どちらが速かったかはすぐに出る。

みんなが電光掲示板《けいじばん》をバッと見ると、吉野《よしの》さんが０・３秒速くゴールに飛び込んでいた。

「一位だ────‼」

「うおおおおおお‼‼」

B組のみんなで吉野《よしの》さんに駆《か》け寄《よ》る。日比野《ひびの》も塩田《しおだ》もみんな真ん中に出てきてハイタッチした。

「吉野《よしの》さん、すげぇぇぇぇぇ！」

「やったあああぁ！」

「すご──い‼」

その声に吉野《よしの》さんは小さく首を横に振《ふ》る。

「みんなが稼《かせ》いでくれた距離《きょり》、守れて本当に良かった……ああ、良かった」

そう言って笑顔《えがお》を見せた。

さっきは走り終わってすぐに来賓《らいひん》席のほうを見ていたのに、今は一度も見ていない。

ただ俺たちと一緒《いっしょ》にハイタッチして、クラスの真ん中で本当に嬉《うれ》しそうな笑顔《えがお》を見せている。

それが何より嬉《うれ》しい。

俺たちは「Ｂ組！　Ｂ組！」と全員で喜びのジャンプをしながら競技場を後にした。吉野《よしの》さんもその騒《さわ》ぎに戸惑《とまど》いながら、中心で小さくジャンプしていた。その控《ひか》えめな笑顔《えがお》も動きも可愛《かわい》すぎる。なにより本当に良かった。


体育祭が終わった。

結局俺たちＢ組はリレー後の大縄跳《なわと》びでミスを連発して、総合順位では三位で終わった。でもリレーの逃《に》げ切《き》り一位はどう考えても気分が良く、テンション高いまま体育祭を終えた。

朝早かったし、色々あって本当に疲《つか》れたが、実行委員の仕事は片付けまで含《ふく》まれる。

陸上競技場は明日には別の人たちが使うらしく、俺と吉野《よしの》さんは内田《うちだ》先生に屋上倉庫に備品の片付けを頼《たの》まれて、それを運び始めた。

もう制服に着替《きが》えた穂華《ほのか》さんがくるくる回ってジャンプした。

「すっごおおおおおい楽しかった体育祭！　お祭りじゃん〜〜」

「わりと派手だよな」

「辻尾《つじお》っち、チーターみたいで超《ちょう》速かった！　なにより紗良《さら》っちだよ〜〜、マジでかっこよかったよおおおおお」

「とにかく終わって良かったわ。この備品は戻《もど》しておくから大丈夫《だいじょうぶ》よ。穂華《ほのか》もおつかれさま」

「帰って良い？　じゃあまったね――――！」

朝と同じようなテンションで元気に去って行く穂華《ほのか》さんを苦笑《くしょう》しながら見送った。すごく元気だ。でも俺たちも、あとはこれを戻《もど》したら帰れる。

俺と吉野《よしの》さんも体操服の上に制服を着て（学校の体操服はダサすぎる）両手に段ボールを持ち、背中にカバンを背負って歩き出した。

吉野《よしの》さんは俺のほうを見て微笑《ほほえ》んだ。

「今日は本当にありがとう。四百メートル走った時はね、お母さんのことしか考えてなかったの。お母さんが見てるから頑張《がんば》らないと、お母さんの前で一番以外あり得ないって。でもリレー走ったときは、そんなこと全然考えなかった」

「良《い》い走りだったよ。気持ちよさそうに見えた」

「そうなの。はじめて……何も考えずに走った。本当にはじめてだと思う。ずっとずっと……絶対一番、それしかダメだって思ってたけど」

「うん」

「ありがとう。辻尾《つじお》くんのおかげだよ」

「いや……走ったのは吉野《よしの》さんだし。俺だったらあんな事になったら、マジで心が折れる。頑《がん》張《ば》って、また頑張《がんば》るの、キツい」

「うん、そうなの。頑張《がんば》ったら、もう終わらせてほしい。何よりちゃんとそこを理解してほしいって思っちゃう。でもこれが吉野《よしの》家の普通《ふつう》なの。私は無理ってだけ」

吉野《よしの》さんは苦笑《くしょう》しながら話した。

段ボールを持った俺たちを夕日が背中から照らす。

陸上競技場と専門棟《とう》はわりと近い。間にある駐車場《ちゅうしゃ》をゆっくりと歩いていたら、後ろから声をかけられた。

「紗良《さら》、探してたのよ」

朝見たままの凛《りん》とした美しい立ち姿に、メイクも全く崩《くず》れてない美しい笑顔《えがお》。

夕日に照らされて影《かげ》がきっちりと落ちた表情が凛《りん》と美しい。

花江《はなえ》さんは俺のほうに軽く頭を下げて挨拶《あいさつ》して、吉野《よしの》さんのほうに歩いてきた。

そして、

「もう帰れる？　車で食事会に行きましょう。皆《みな》さん待ってるわ」

と笑顔《えがお》を見せた。

もう帰れる？　そうじゃなくて、頑張《がんば》ったねとか、おつかれさま、そういう言葉を先に言わないんだろうか。

それにそうだった……体育祭が終わったらいつも食事会だって言ってたな。すげー疲《つか》れてるのに、ここからまた出かけるのか。

カラスが鳴きながら飛ぶ夕方の空の下、吉野《よしの》さんは段ボールをもったまま動かない。

吉野《よしの》さん……？

固く閉じた瞳《ひとみ》に夕日が斜《なな》めに切り込んでいる。

吉野《よしの》さんはゆっくりと目を開いて、まっすぐに花江《はなえ》さんを見て口を開いた。

「ううん。私は車には乗らないです。いつも思ってたけど議員さんたちと食べる食事は苦手。辻尾《つじお》くんとこれを片付けて、一緒《いっしょ》に帰ります」

そう、はっきり言った。

それははっきりと、ちゃんと自分にも言い聞かせるような大きな声で。

花江《はなえ》さんはまっすぐに吉野《よしの》さんを見て、

「……どうしたの紗良《さら》。皆《みな》さん、紗良《さら》の頑張《がんば》りを見て感激したみたいで待ってるわよ」

吉野《よしの》さんは段ボールを持つ手にクッと力を入れて、

「今日は食事会に行きません。帰ります」

とまっすぐに言った。

花江《はなえ》さんは表情ひとつ変わらぬ冷静な声で淡々《たんたん》と、

「あらそう。そういうことを言うの。じゃあ良《い》いわよ。辻尾《つじお》くん？　紗良《さら》をよろしくね」

そう言ってヒールを鳴らして駐車場《ちゅうしゃじょう》を歩き去って行った。背筋がピンと伸《の》びていて、もう夕方なのに髪《かみ》の毛《け》はまるで乱れてないし、スーツに皺《しわ》ひとつない。全てに無駄《むだ》がなくてすごい。

言い切った吉野《よしの》さんが心配になって横に立つと、まっすぐに花江《はなえ》さんの背中を見たまま、固まっていた。

花江《はなえ》さんが階段を下りて消えてから……やっと俺のほうを見た。

その顔はふにゃあぁ……と力が抜けて、そのまま蕩《とろ》けちゃいそうなほど砕《くだ》けた表情だった。

「……はあ、言っちゃった」

「おおおお。びっくりしたよ。断ったじゃん」

「……あー……はじめて言えた。あ——、頭に鳥肌《とりはだ》たってるー……はあぁあ————……大丈夫《だいじょうぶ》かなああ……お母さん藤間《ふじま》さんに何て言うんだろ。行きたくないって言ってたって言うのかな。いや、そんなこと言わないかな……次どうしよう、もう誘《さそ》われないかな、いやそんなことないかな……あー……やっぱり行けば良かったかな——ああー……怖《こわ》いよー……」

「あまり気にしてるようには見えなかったけど」

「違《ちが》うの。最初『良《い》いわよ』とか言うのに、結局後でチクチク言って制裁されるの。全然良《い》いと思ってないんだよー、あれすごく怒《おこ》ってる。辻尾《つじお》くんとか知らない人がいると特にああいう冷静な言い方するの。はあー、ついにハッキリ言っちゃったよー……」

吉野《よしの》さんは駐車場《ちゆうしやじよう》に響《ひび》き渡《わた》る声でため息をついた。制服を着てるのに、夜の街で会う吉野《よしの》さんのテンションで少し笑ってしまう。

俺は吉野《よしの》さんを宥《なだ》めながら非常階段を上り、屋上の更衣《こうい》室のロッカーに荷物を片付けた。

もう夕方で、屋上から見えるビル街は少し夕日に染まってきている。春が終わり、夏はまだ遠い。生ぬるいけれど、湿度《しつど》を含《ふく》まない風が屋上を吹《ふ》き抜《ぬ》けていく。

その風でクーラーの室外機が回りカラカラと軽い音を響《ひび》かせている。

校舎の外を、皆《みな》が笑いながら帰っていく声が響《ひび》く夕方、吉野《よしの》さんは屋上のフェンスにもたれて座り込んだ。カシャン……と軽い音が響《ひび》く。

「……食事会がイヤだって、ずっと言いたかった」

「うん」

俺も吉野《よしの》さんの横に座る。吉野《よしの》さんは頭を下げてため息をついた。

「……でも実際言ってみると、その先のことを色々考えちゃって……怖《こわ》いよ」

「はじめてした事に対して反応怖《こわ》いのは、当たり前だよ」

うん、と吉野《よしの》さんは姿勢を正した。そして手を伸《の》ばして、ゆっくりと俺の手に触《ふ》れた。

冷たくて、でも身体《からだ》の芯《しん》が熱い吉野《よしの》さんの手。

「……私、少しずつ始めようと思って。先を読んで取《と》り繕《つくろ》って、好かれる自分ばかり作ってないで、気持ちをちゃんと言おうと思って」

「うん」

「言わないと、伝えないと、私が思ってることなんて存在しないのと同じだって、やっと分かってきた」

吉野《よしの》さんの熱い掌《てのひら》を、俺は少し強く握《にぎ》った。

それに答えるように吉野《よしの》さんも俺の手を、クッと握《にぎ》り、そのままおずおずと身体《からだ》を近づけてきた。膝《ひざ》をついて俺の前に回り、胸元《むなもと》に身体《からだ》を預けるような、ぎこちない動きで、グイ……と抱《だ》きついてくる。俺の目の前にある吉野《よしの》さんのつむじ。そして伝わってくる体温。

身体《からだ》中が心臓になったみたいに脈を打って、息が苦しい。

目の前に吉野《よしの》さんがいるから、呼吸をどこですれば良いのか分からず、細く吐《は》き出《だ》す。

すぐ横の通りを救急車が走《はし》り抜《ぬ》けて音が曲がる。停留所で止まったバスの音に、学生たちの別れの声。中庭で遊ぶ小さな子どもたちの笑い声を、夕方の冷気を含《ふく》んだ風が届ける。

そんな日常を押しのけるように、吉野《よしの》さんは、更《さら》に俺の腕《うで》の中に入ってきた。

胸元《むなもと》に入り込むように、そこに収まるように強く。

そして俺の制服の胸元《むなもと》を両手でクッ……と握《にぎ》った。

吉野《よしの》さんはうつむいたままだった顔を上げて、まっすぐに俺を見る。

真っ黒な髪《かみ》の毛《け》が夕日に照らされてオレンジ色に光り、細くて艶《つや》やかな唇《くちびる》が開いて、

「辻尾《つじお》くんが私のこと、たくさん知って、見て、認めてくれたから言えたんだよ」

「うん」

「辻尾《つじお》くんは、私のはじめての味方」

「うん」

俺は強く吉野《よしの》さんを抱《だ》き寄せて、

「俺は、吉野《よしの》さんが好きだ」

「……嬉《うれ》しい。私も辻尾《つじお》くんが好き。もっと……もっともっと私を好きになってほしいの。強くなりたい、弱くなりたい、違《ちが》う私になりたい、もっと悪い子になりたい」

そう言って吉野《よしの》さんは俺の制服の胸元《むなもと》をカリッ……と指先の爪《つめ》でひっかいた。その感覚に身体《からだ》中の血が沸騰《ふっとう》するみたいに熱くなり、頰《ほお》が火照《ほて》る。

目の前の吉野《よしの》さんは夕日を浴びてオレンジ色に染まりはじめていた。その表情は可愛《かわい》くて、でもどこか儚《はかな》くて、今にも泣き出しそうなのに、すごく甘美《かんび》で。

俺はなんとか言葉を探す。

「……もっと悪い子？」

「そう。もっともっと、悪い子にして？」

吉野《よしの》さんは更《さら》にグイと俺に抱《だ》きついてきた。

「ちょっと、あの……やば……」

俺が身体《からだ》を引くと、背中にあるフェンスがカシャンと軽い音を立てた。

胸元《むなもと》に入り込んでいる吉野《よしの》さんは、クッと顔を上げて、俺の制服の胸元《むなもと》を摑《つか》んで唇《くちびる》にキスをした。

吉野《よしの》さんがしがみ付くたび、背中のフェンスが軽い音を立てる。どうしようもなくドキドキして苦しくて、でももっと触《ふ》れたくて。

吉野《よしの》さんが少し身体《からだ》を離《はな》すと、クシャクシャになった前髪《まえがみ》の向こうで瞳《ひとみ》が潤《うる》んでいる。

もっと、もっとしたい……と背中に手を回したら、吉野《よしの》さんは俺の胸元《むなもと》にポンッと入って頬《ほお》をすり寄せて子どものような丸い笑顔《えがお》を見せて、

「はあ。……落ち着く。辻尾《つじお》くんに抱《だ》っこされるの、ほんと落ち着く。ここが好き」

……もっとキスを……。

俺は背中に回した手を、ゆっくりと着地させた。

……こんなことを言われて引《ひ》き剝《は》がしてキスできる男がいるだろうか。

少なくとも俺は無理だ。吉野《よしの》さんの、こんな安心している顔、今日はじめて見たからだ。

心の奥底から安心して、そのまま眠《ねむ》りそうなほど優《やさ》しい丸い笑顔《えがお》。

ずるい……すごくずるい、ものすごくずるい気がするけど、利用されてる気がするけど……そんなの全部放り投げてどうでもよくて、とにかく俺の胸元《むなもと》で丸まっている吉野《よしの》さんはメチャクチャ可愛《かわい》い。俺に抱《だ》きしめられて落ち着くなら、どれだけだって抱《だ》っこしていたい。

吉野《よしの》さんの笑顔《えがお》が一番みたいんだ。

俺は背中をフェンスに預けたまま吉野《よしの》さんを抱《だ》き寄せて背中を優《やさ》しく撫《な》でた。

「……おつかれさま」

「えへへ。すごく頑張《がんば》った――！　すごく、がんばった――！」

吉野《よしの》さんは俺から離《はな》れてスッと立ち上がり、夕日に手を伸《の》ばして背伸《せの》びした。

さっきの悪い顔はどこに消えてしまったのか……悪い吉野《よしの》さんに協力をしたい……。

俺はそのままズルズル転がって、フェンスの前に転がった。どうしようもなく青い空が、ゆっくりと夕焼けに染まっていく。そしてカラスが森に帰っていく。ああ……。

吉野《よしの》さんは膝《ひざ》についた汚《よご》れをパンパンと叩《はた》いて、カバンから、い・ろ・は・すのオレンジ味を出して一気に飲んだ。俺は身体《からだ》を起こしながら、

「……吉野《よしの》さんは、それが好きなんだね」

はじめて夜の街で会った時も、公園でマック食べた時も飲んでいた気がする。

「あ、うん。い・ろ・は・すのオレンジ味が好きなの」

そう言って吉野《よしの》さんは微笑《ほほえ》んだ。そしてキュッとペットボトルの口を閉めて、

「どこかで読んだんだけど。公務員が人目に付くところで色がついた物を飲んでると苦情が出るんだって。仕事しながらジュース飲んでるのかって。その時に無色透明《とうめい》でも味が付いてるものなら、何の文句も出ないって聞いたの」

「そんなこと言うヤツ居るんだ」

「いるよ、きっと。公務員は水しか飲んじゃいけない。そんな風に決めつけてくる人は、たくさんいる」

吉野《よしの》さんは静かに言い切った。そしてペットボトルをカバンの中に入れて、

「無色透明《とうめい》なのにオレンジ味。それをこっそり飲むなんて、なんだか勝ったみたいじゃな

い？」

俺はその言葉を聞いて思い出して笑ってしまう。

「前も同じようなこと言ってた」

「勝ちたいって……たぶん違《ちが》って。好きに生きたいの。でも透明《とうめい》だと思われていたい」

そう言って吉野《よしの》さんはい・ろ・は・すのオレンジ味を夕日に照らした。無色透明《とうめい》なはずのい・ろ・は・すは、味の通り、ペットボトルの中でオレンジ色に染まった。

吉野《よしの》さんは「さて」と俺の横にピョンとジャンプして、

「辻尾《つじお》くんと一緒《いつしよ》に駄菓子《だがし》屋さん行きたい。それに山登りも、お散歩するんでしょ？　いつがいいかな」

「とりあえず中間かも」

「あーそうだ。それで点数取らないと自由ないかもー……。今週末も一緒《いつしよ》に勉強しよ？」

「……ああ」

俺と吉野《よしの》さんは駅に向かってゆっくりと歩き出した。

もっともっと吉野《よしの》さんとしたいことがたくさんある。

今日も明日も、明後日《あさって》も、ずっとずっと。

今までより強く、すっきりとした笑顔《えがお》で背筋を伸《の》ばす吉野《よしの》さんを俺は後ろから追った。

# 第14話　透明なオレンジジュース

足が地上から少し浮《う》いてるような感じがする。

歩いているのに、歩いていない。そこに地面があるのに、雲の上を歩いているようなふわふわとした感覚。

落ち着かない。

私は自宅最寄《もよ》り駅《えき》の駅前ベンチに座り込んだ。

実は今日の朝も、このベンチに座っていた。胃が痛くて、電車に乗る前にここで胃薬を飲んだ。そして薬が効くまで駅に入っていく電車をただぼんやりと見ていた。学校に行きたくなくて、それでも辻尾《つじお》くんに会いたくて、でも体育祭はイヤで、ただここに座っていた。

まさか一日で、こんなに違《ちが》う気持ちでここに座るなんて思いもしなかった。

スマホで時間を確認《かくにん》すると、十八時をすぎていた。

日中の暑さと騒《さわ》がしさを、夜が迎《むか》えに来る時間。街灯にポツンと光が宿るのを見ているのが好き。

毎年体育祭の後は食事会に行っていた。中に体操服着ているゴワゴワした制服姿に、ほこりっぽい肌《はだ》と疲《つか》れ。はやく家に帰ってお風呂《ふろ》に入りたいのに、それも言えず、本当にイヤだった。

でも食事会を私が断ったらお母さんがどう思うかなんて容易に想像できて言えなかった。褒《ほ》めてやるんだから連れてくるべきだ。子どもさえ自分の思い通りに扱《あつか》えない女が政治を扱《あつか》えるのか……お母さんはそういう世界にいる。子どものミスで失脚《しっきゃく》する政治家は多いから、周りも子どもたちの動きを細かく見てる。思い通りに扱《あつか》えるか、悪さをしないか、ずっと見てる。

でも。

私はい・ろ・は・すを取りだして飲んだ。

全部知ってて分かってて、今日はじめて行きたくないって、苦手だって言えた。

リレーのアンカーになれって言われたあと、苦しくて仕方がなかった。

辻尾《つじお》くんに言われて「走るのも悪くないな」ってはじめて思えて、気持ち良く走れた四百メートル。その結果決まってしまった地獄《じごく》の理由を、心のどこかで辻尾《つじお》くんに押しつけていた。

やっぱりじゃん。やっぱりこうなるじゃん。だからイヤなのよ。

頑張《がんば》ったら頑張《がんば》ったぶんだけ、さらに頑張《がんば》ることになる。

結局ひとり。辻尾《つじお》くんが横にいたって私の人生なんてずっと変わらない。私は私の鎧《よろい》を脱《ぬ》ぐことなんて許されない。鎧《よろい》のまま踊《おど》り続けて、焼かれて灰になり、そのとき初めてそこから粉になって出られるのだ。

そう思ったら委員会控《ひか》え室《しつ》から逃《に》げ出《だ》して屋上に居た。ただひとりになりたかった。

でも……。私は唇《くちびる》に触《ふ》れた。そして笑ってしまう。

俺が穢《けが》した。

そんなの……考えてもいなかったよ、辻尾《つじお》くん。

私の両腕《りょううで》を強く握《にぎ》って、まっすぐに見てくれる力強い視線。

逃《に》げ出《だ》したのに、迷惑《めいわく》かけたのに、好き勝手に叫《さけ》んでわがままばっかり言ったのに、ずっと優《やさ》しくて……キスして私を受け入れてくれた。

あのキスは免罪符《めんざいふ》。

私はお母さんのために、いつも空気を読んで頑張《がんば》ってる。お母さんが求める自慢《じまん》の娘《むすめ》、吉野《よしの》紗良《さら》で居続けるために頑張《がんば》って優等生を続けてる。

私はずっとお母さんのために自分を殺して演じてる、そう思っていた。

でも違《ちが》う。

空気を読むのは、否定されるのが怖《こわ》いから。嫌《きら》われるのが怖《こわ》いから。

空気を読んでその先に、自分の心を押し殺しているのは私自身だと気がついた。

全部分かる、どうして欲しいかなんて、全部分かるよ、お母さん。

でも私はそうしたくない。

そう言わないと、言葉にして言わないと気持ちは、そこに存在しないことになる。

ずっと蓋《ふた》をして隠《かく》してきたの。

だから私自身も気が付いてない『私』、たくさんあるみたい。

辻尾《つじお》くんがそんな私に気が付いて、認めてくれたから、見てほしくて、それだけを考えて走れたんだよ。

……ありがとう。

私はカバンを肩《かた》にかけてベンチから立ち上がり、歩き始めた。

街灯がつき始めた町をゆっくりと歩く。春が終わって夏が来る前、ほんの少し湿《しめ》った空気が頬《ほお》を撫《な》でる。町はまだ昼間の熱をため込んでいてどこか暑くて大きく息を吸い込んだ。

さて、全部ここから。

まずはご飯食べて、帰ってくるお母さんと話をしないと。

晩ご飯どうしようかな。

お母さんたちは今頃豪華《いまごろごうか》なご飯食べてるから、家には何もない。

スーパーで何か適当に買おうかな。あ、でも……辻尾《つじお》くんとお出かけするなら、今度はお弁当をもっと食べてほしいな。今日体育祭の時に喜んでくれて嬉《うれ》しかった。もっと私ができることを見てほしい、それで一緒《いっしょ》に笑いたい。

「あのお稲荷《いなり》さん、すごく美味《おい》しかったな」

家に帰ったら作り方をＬＩＮＥで聞いてみようと、疲《つか》れてるのに軽い足でスキップした。

……うん、確かに私、楽しいとスキップしてるわ。気がつかなかったな。

あとがき

電撃《でんげき》文庫では、はじめまして、コイルです。

デビュー作は電撃《でんげき》の新文芸で、二作品目はメディアワークス、三作品目となるこの話は電撃《でんげき》文庫から出させて頂くということで、角川さんのラノベレーベルを移動中です、ありがとうございます。

実は私、ラノベを出すなら、いつか電撃《でんげき》文庫から出したいなと思っていました。

私には昔から出入りしている本屋さんがあります。小規模だけど品揃《ぞろ》えが良《い》い本屋で、おばあちゃんとその娘《むすめ》さん夫婦《ふうふ》が経営している店です。

私はいつもそこで本を注文して受け取っていて、店主のおばあちゃんとも仲良しで、時間があるときはお店を少し手伝ったりしています。

そのおばあちゃんは、キノの旅が大好きで「ラノベは電撃《でんげき》文庫」と豪語《ごうご》する人です。

そして出入りする子どもたちに「キノの旅を読め」と売りつけているのでキノの旅の売上の何割か、あのおばあちゃんだと私は思っています。

私も一応作家なので悔《くや》しくなり「おばあちゃん、私もラノベ何冊か出してるんだよ。この本屋さんに置いてよ」と言っても「電撃《でんげき》文庫か？」と聞いてきて、違《ちが》うというと「じゃあ置かない」と言われてました。思い出すと酷《ひど》い。

今回のカクヨムコンのプロ作家部門の受賞が決まり、電撃《でんげき》文庫から出せると分かったとき、おばあちゃんにそれを伝えたら「それやったら置いてやる」と少し嬉《うれ》しそうに言ってくれたので、今回は大丈夫《だいじょうぶ》そうです。念願叶《かな》いました。

しかもこの本が出る時にはもう告知されていると思いますが、一巻、二巻、連続出版となりました。つまり二冊同時におばあちゃんの本屋に置いてもらえるということです。

レジ前に勝手にポップを描《えが》き、本の山を作ろうと思っています。

どこかの本屋さんで、ピンクの割烹《かっぽう》着を着たおばあちゃんがレジに立っていて、この本が積み上げてあったら、そのおばあちゃんかも知れません。「電撃《でんげき》文庫以外にも色んなラノベがあるよ」と言ってみてください、無視されると思います。

まあ作家が語るエッセイの八割は盛っているということで軽く読み流してほしいですが、もしかしたら、小さな本屋さんでおばあちゃんとこの本を積み上げている私がいるかも知れません。そして三巻四巻もレジ前に積みたいです。これからも応援《おうえん》して頂けると嬉《うれ》しいです。

今回この本を出版することになり、タイトルの変更《へんこう》で一緒《いっしょ》に悩《なや》んでくれた編集さん、とてもすてきなキャラデザインと表紙などを描《えが》いてくださったNardack先生、本当にありがとうございました。引き続きよろしくお願いします。

◉コイル著作リスト

「いつもは真面目な委員長だけどキミの彼女になれるかな？」（電撃文庫）

**本書に対するご意見、ご感想をお寄せください。**

ファンレターあて先
〒102-8177　東京都千代田区富士見2-13-3
電撃文庫編集部
「コイル先生」係
「Nardack先生」係



本書は、2023年にカクヨムで実施された「第8回カクヨムWeb小説コンテスト」でプロ作家部門《特別賞》を受賞した『いつもは真面目な委員長だけどキミの彼女になれるかな?』を加筆・修正したものです。

電撃文庫

# いつもは真面目《まじめ》な委員長《いいんちょう》だけどキミの彼女《かのじょ》になれるかな？

コイル


2023年12月10日　初版発行

発行者　山下直久
発行　株式会社KADOKAWA
〒102-8177　東京都千代田区富士見2-13-3
0570-002-301（ナビダイヤル）
装丁者　荻窪裕司（META＋MANIERA）
印刷　株式会社暁印刷
製本　株式会社暁印刷




●お問い合わせ
https://www.kadokawa.co.jp/（「お問い合わせ」へお進みください）
※内容によっては、お答えできない場合があります。
※サポートは日本国内のみとさせていただきます。
※ Japanese text only

※定価はカバーに表示してあります。



ISBN978-4-04-915342-2　C0193　Printed in Japan

# 電撃文庫DIGEST　12月の新刊　発売日2023年12月8日

**続・魔法科高校の劣等生**
## メイジアン・カンパニー⑦
著／佐島 勤　イラスト／石田可奈

シャンバラ探索から帰国した達也達。USNAに眠る大量破壊魔法[天罰業火]を封印するため、再度旅立とうとする達也に対し四葉真夜は出国を許可しない。その裏には、四葉家の裏のスポンサー東道青波の思惑が――。

## 創約　とある魔術の禁書目録《インデックス》⑨
著／鎌池和馬　イラスト／はいむらきよたか

魔神も超絶者も超能力者も魔術師も。全てを超える存在、CRC（クリスチャン＝ローゼンクロイツ）。その『退屈しのぎ』の恐るべき前進は、誰にも止められない。唯一、上条当麻を除いて――！

## ソードアート・オンライン オルタナティブ 迷宮館の殺人《ミステリ・ラビリンス》
著／紺野天龍　イラスト／遠田志帆　原作／川原 礫　原作イラスト／abec

かつてログアウト不可となっていたＶＲＭＭＯ《ソードアート・オンライン》の中で人知れず遂行された連続殺人。その記録を偶然知った自称探偵の少女スピカと助手の俺は、事件があったというダンジョンを訪れるが……

## 七つの魔剣が支配するXIII
著／宇野朴人　イラスト／ミユキルリア

呪者として目覚めたガイが剣花団を一時的に離れることになり、メンバーに動揺が走る。時を同じくして、研究室選びの時期を迎えたオリバーたち。同級生の間での関係性も、徐々にそして確実に変化していて――

## ネトゲの嫁は女の子じゃないと思った？　Lv.23
著／聴猫芝居　イラスト／Hisasi

アコとルシアンの幸せな結婚生活が始まると思った？　……残念！　そのためにはLAサービス終了前にやることがあるよね！　――最高のエンディングを、共に歩んできたアレイキャッツみんなで迎えよう！

## 声優ラジオのウラオモテ
**#09 夕陽とやすみは楽しみたい？**
著／二月 公　イラスト／さばみぞれ

成績が落ち、しばらく学生生活に専念することになった由美子。みんなで集まる勉強会に、わいわい楽しい文化祭の準備。でも、同時に声優としての自分がどこか遠くに行ってしまうようで――？

## レプリカだって、恋をする。3
著／榛名丼　イラスト／raemz

素直が何を考えているか分からなくて、怖い。そんな思いを抱えながら、季節は冬に向かっていく。素直は修学旅行へ。私はアキくんと富士宮へ行くことになって――。それぞれの視点から描かれる、転機の第３巻。

## あした、裸足でこい。4
著／岬 鷺宮　イラスト／Hiten

小惑星を見つけ、自分が未来を拓く姿を証明する。それが二斗の失踪を止める方法だと確信する巡。そのために天体観測イベントの試験に臨むが、なぜか真琴もついてくると言い出して……。

## 新作　僕を振った教え子が、1週間ごとにデレてくるラブコメ
著／田口一　イラスト／ゆがー

僕・若葉野瑛登は高校受験合格の日、塾の後輩・芽吹ひなたに振られたんだ。そんな僕はなぜか今、ひなたの家庭教師になっている――なんで！？　絶対に恋しちゃいけない教え子との、ちょっと不器用なラブコメ開幕！

## 新作　どうせ、この夏は終わる
著／野宮 有　イラスト／びねつ

「そういや、これが最後の夏になるかもしれないんだよな」夢も希望も青春も全て無意味になった世界で、それでも僕らは最後の夏を駆け抜ける。　どうせ終わる世界で繰り広げられる、少年少女のひと夏の物語。

## 新作　双子探偵ムツキの先廻り
著／ひたき　イラスト／桑島黎音

探偵あるところに事件あり。華麗なる探偵一族『睦月家』の生き残りである双子は、名探偵の祖父から事件を呼び寄せる体質を受け継いでいた！　でもご安心を、先回りで解決しておきました。

## 新作　いつもは真面目な委員長だけどキミの彼女になれるかな？
著／コイル　イラスト／Nardack

繁華街で助けたギャルの正体は、クラス委員長の吉野さんだった。「優等生って疲れるから、たまに素の自分に戻ってるんだ」　実は明るくてちょっと子供っぽい。互いにだけ素顔を見せあえる、秘密の友達関係が始まる！

年上の美人教師
初恋のリベンジを誓う同級生
主人公の成長だけ止まったまま、
7年経ったら——？
もう、あの頃の
3人の関係には
戻れない。
著／葉月 文
イラスト／U35
さんかくのアステリズム
Summer Triangle
俺を置いて大人になった幼馴染の代わりに、
隣にいるのは同い年になった妹分
電撃文庫